LA FRONTERA
UNIVERSAL

DESCUBRIENDO LA FELICIDAD PLENA

Jordi Sebago

Aviso a Bibliotecarios: La catalogación bibliográfica de este libro se encuentra en la
base de datos de la Biblioteca y Archivos del Canadá. Estos datos se pueden obtener
a través de la siguiente página web: www.collectionscanada.ca/amicus/index-e.html

Impreso en Victoria, BC, Canadá.

ISBN: 978-1-4269-0847-7 (sc)
ISBN: 978-1-4269-0862-0 (dj)

CREDITS:

Corrección de Estilo: Martha Díaz Samos
Diseño de Cubierta: Fernando Berger V.
Fotografía: Barbara Argüello S.

*Nuestra misión es ofrecer eficientemente el mejor y más exhaustivo servicio de
publicación de libros en el mundo, facilitando el éxito de cada autor. Para
conocer más acerca de cómo publicar su libro a su manera y hacerlo disponible
alrededor del mundo, visítenos en la dirección www.trafford.com*

Trafford rev. 8/13/2009

 www.trafford.com

Para Norteamérica y el mundo entero
llamadas sin cargo: 1 888 232 4444 (USA & Canadá)
teléfono: 250 383 6864 ♦ fax: 812 355 4082

JORDI SEBAGO

GRATITUD

Al Hacedor de la Vida que me ha permitido
entender su sencillez y grandiosidad,
y amarlo plenamente por la misericordia
que derrama en mi imperfecta humanidad.

A mis grandes amores Santi y Tian,
quienes con su maravillosa existencia
han sido mi mayor fuente de inspiración.

A mi madre que ha creído en mis sueños
llenando mi vida con su presencia,
y con la luz de su sabiduría.

A mis queridos hermanos, leales y grandiosos,
en especial a Martisa quien se adelantó
en caminar por el sendero de la luz.

A todos los seres humanos que andan
en busca de la felicidad plena, deseando
que este libro pueda ser el camino para encontrarla.

INDICE

"El nacimiento y la muerte son los extremos de la existencia de cada uno de nosotros; entre estos momentos, se encuentra la trascendencia humana que obliga a recorrer caminos de éxitos y fracasos.

La alegría y la tristeza son nuestros grandes maestros en el inmenso trayecto que Dios ha decidido recorrer en Espíritu junto a nosotros, para ayudarnos a obtener el premio de la vida más anhelado: La felicidad plena.

La felicidad está en nosotros... sólo basta descubrirla"

PRÓLOGO

La vida cotidiana es el cúmulo de experiencias que nos encaminan hacia la felicidad plena; en el recorrido de la vida nuestras decisiones pueden llevarnos hacia ella o alejarnos de su presencia.

Diariamente salimos al mundo a buscar todo aquello que nos ilusiona y llena de alegría; dirigimos nuestras acciones tratando de encontrarnos con la paz espiritual, la salud física, y la riqueza material. Siempre esperamos un milagro; deseamos ganar la lotería o aparecer como beneficiarios en el testamento de algún pariente millonario. Buscamos incansablemente la fuente de la juventud y soñamos con descubrir la cura de un mal mundial; soñamos con crear un invento que satisfaga una necesidad básica de la humanidad y venderlo al mundo entero. Divagamos, deseando encontrar en nuestra propiedad un enorme yacimiento de petróleo. En fin, consumimos nuestro tiempo pensando que un golpe de suerte nos permitirá obtener todo aquello que deseamos. Lamentablemente las posibilidades que sucedan estos hechos son difícilmente probables, si nuestros sueños e ilusiones van acompañados con un ápice de incertidumbre, sin la fe necesaria para que un acontecimiento extraordinario se haga realidad. Y cuando la fe no se alberga en nuestro ser, la realidad nos enfrenta y llena de tristeza a nuestro espíritu.

La ansiedad de materializar nuestros sueños, a veces nos puede conducir a tomar caminos rápidos, atrevidos y desesperadamente temerarios, poniendo en peligro hasta nuestra propia vida.

Llega el cansancio y la frustración, un sentimiento de impotencia nos envuelve, dejamos de creer en la posibilidad de lograr lo que deseamos... dejamos de creer en nosotros mismos.

Entonces, empezamos a creer en otros y ese anhelo por conocer la felicidad plena nos lleva a recorrer caminos "espirituales" para tratar de encontrarla, pretendiendo que estos caminos sean el rescate esperanzador de obtener todo aquello que deseamos; confiamos nuestro destino en talismanes, hierbas, estampas, piedras, patas de conejo, confesiones astrales y en cualquier cosa que se pueda tocar y ver, hasta llegamos a creer que nuestra suerte está anunciada y determinada por lo que nos dice un "adivino", quien nos asegura que con sus recetas mágicas, la riqueza y la salud se encontrarán con nosotros.

Pasa el tiempo, y los efectos "fantásticos" de los accesorios, y las profecías esotéricas del adivinador no logran nuestro encuentro con la anhelada felicidad, obligándonos a reconocer que tales sortilegios son una farsa. De nuevo, la frustración nos embarga y erróneamente empezamos a sentir que en nuestra vida no sucederá nada extraordinario.

Y así, nuestra existencia continúa inadvertida para los demás mortales quienes no reparan en nuestras frustraciones, pues ellos también están lidiando con las suyas. Corre el tiempo y envejecemos aceptando con resignación que la felicidad plena es tan sólo un sueño inalcanzable; en silencio, reconocemos con frustración su lejanía. Solamente nos queda esperar que en "otra vida" talvez tengamos más suerte.

Sin embargo, algunos de nosotros mantuvimos firme nuestra convicción de que la felicidad plena existe y que podía estar a nuestro alcance; insistimos en asegurar que podríamos lograr un encuentro con ella; no sabíamos cómo, pero intentamos incansablemente indagar su paradero.

Alguien dijo: "Mientras haya vida, habrá esperanza", y esta afirmación me movió a seguir buscando la felicidad. Hoy, le aseguro que la he encontrado en el lugar más insospechado y cercano de mí vida: en mi vida misma.

Por ello, deseo compartir mi experiencia con Usted, que talvez aún no ha podido encontrarla, aunque estoy seguro que la felicidad está muy cerca de usted, en su propio camino. Estoy convencido que se le puede abrazar y persuadir a que habite junto a usted por el resto de su vida, como decidió convivir conmigo y acompañarme en todos mis caminos.

Para evidenciar su existencia, escribo este libro que detalla mi encuentro con la anhelada felicidad, la que me ha transmitido en la cotidiana convivencia, su disposición de quedarse conmigo para siempre si logro provocar en Usted el deseo firme de encontrarse con ella.

Espero entonces, que al leer este sencillo relato pueda tener un encuentro con la felicidad plena, y al convivir con ella, logre sentir la misma paz de que ahora disfruto.

Jordi Sebago

"Más los que lo reprendieren tendrán felicidad, y sobre ellos vendrá gran bendición"

Proverbios 24:25

I

EL ENCUENTRO

E scuché el sonido desesperado de la bocina de un taxi que trataba de evitar lo inevitable. La imprudencia de atravesar una calle, absorto en mis pensamientos, provocó el fatal encuentro con aquel vehículo y con su conductor; logré ver su rostro de aflicción queriendo evitar el impacto de mi cuerpo con su viejo vehículo amarillo y elevar mi humanidad por los aires.

La mirada estupefacta del taxista reflejó el daño irreversible que inconsciente había hecho; lo percibí así, sin culpa de nadie o de todos, del destino, de la vida, del mundo, de Dios. Esa tarde lluviosa de mayo tenía reservado un cambio de dirección en mi vida. Una sensación de desprendimiento se apoderó de todo mi cuerpo.

Siempre había tratado de controlar mis emociones y mis actos; toda la vida había sido cauteloso en mis decisiones tratando de ser feliz con lo que hacía; me había preparado para ser alguien, para triunfar, para disfrutar de mi inteligencia aunque mis ingresos monetarios no fueran los esperados. Entendía al mundo pero, el mundo a veces no me entendía; miraba pasar el éxito y la prosperidad de los demás, pero parecía que estos no deseaban quedarse conmigo. Día a día buscaba la manera de cumplir honradamente con mi trabajo, mis superiores cubiertos de sus triunfos, no reparaban en valorar mis talentos, y la gente a mí alrededor me mostraba aprecio, pues mi condición no atentaba contra sus intereses. Las oportunidades de los negocios llegaban en el momento en que no poseía capital, crédito o tiempo, parecía que las circunstancias se burlaban silenciosas de mi situación. La vida a mis treinta y tantos años transcurría en la invisibilidad de su recorrido, temiendo que la ausencia de un acontecimiento extraordinario provocara que, el envejecimiento de mis años fuese acompañado por el conformismo. Resistía esa realidad yendo de un lado a otro intentando lograr una vida abundante, pero esa vida no llegaba. Sin embargo, creía en mi capacidad y tenía la certeza de que trabajando muy duro la fortuna me sonreiría; o un golpe de suerte llegara en el momento oportuno. Lo que menos necesitaba ahora era un estúpido accidente, ¿Quién pagaría mis cuentas?...

¿Por qué se presentaba esta situación?, ¿Por qué Dios cambiaba los planes si yo luchaba honestamente tratando de conseguir mi subsistencia y la de los míos?, ¿Por qué tenía que aparecer ese mugriento taxi en mi camino?...

Una sensación de impotencia y rabia silenciosa invadió mis pensamientos, me costaba aceptar encontrarme en una situación que no controlaba; no podría seguir luchando para conseguir lo que deseaba; ¡Todo era tan absurdo!

Al caer sobre la cinta asfáltica sentí un dolor insoportable que corrió por todo mi cuerpo, lo sentía en mis venas y músculos, hasta en el cuero cabelludo; el dolor me hipnotizaba, y el peso de mi cuerpo se hacía cada vez más liviano. Empecé a perder la sensación.

Sentí sueño, pero no reparador sino aquel que tiene una sensación anestésica que transita entre la conciencia y la inconciencia. Mi razonamiento me advertía que la pérdida de la lucidez me llevaría a perder el control de mi propia vida; sin embargo, la sensación de desprendimiento era agradable, sentía que flotaba como un globo sin dirección ni destino, mientras el dolor empezaba a desaparecer.

El dominio de mi humanidad se hacía cada vez más difícil de manejar; nuevamente la sensación de insensibilidad se apoderó de mí; la luz del ambiente se apagó poco a poco; dejé de ver, dejé de sentir, ya no tuve conciencia de mí...

Pasó el tiempo, supongo, cuando recobré la sensación de mi existencia; acostado en un suelo liso y arenoso, recuperé el conocimiento. Me percaté que mi cuerpo estaba desnudo al sentir que un viento frío recorría mis piernas y mi pecho. Estaba desnudo y no sabía en donde me encontraba; sentí vergüenza y soledad en aquel lugar sumido en una oscuridad extraña e indefinida. Me levanté tratando de ubicar mi paradero, pero no veía nada en aquella tierra inhóspita y desconocida. No se percibía vegetación ni vida silvestre.

Empecé a caminar sin rumbo escondiendo mis intimidades entre mis manos, queriendo sentirme vestido; busqué algo en el suelo para cubrirme pero no encontré nada, sólo había arena seca. No se escuchaba sonido alguno, sólo el ruido del viento...

En cada paso trataba de ordenar mis pensamientos, mi mente buscaba una explicación de mi estadía en esa tierra desconocida pero, no recordaba absolutamente nada; mi cerebro no era capaz de guardar recuerdo alguno de mi vida, ¿Quién era?, ¿Qué hacía allí?, ¿A qué me dedicaba?, ¿Quién era mi familia?, por más esfuerzo que hacía mi mente no respondía a mis preguntas. El miedo se apoderó de mí al no entender quien era y hacia donde iba. Empecé a correr tratando de encontrar algo o a alguien, pero sólo planicies de arena y viento frío, veía y sentía; parecía que caminaba dentro de un laberinto invisible que me llevaba al mismo lugar; estaba atemorizado por el acecho de algún animal salvaje, pero no se escuchaba nada.

Si me recordara como había llegado allí, entonces, podría calmarme y encontrar el regreso a casa; pero... ¿Qué casa?, ¿Dónde vivía?

Desistí de la búsqueda de algo o de alguien; la desesperanza me rindió, y cansado de caminar por un mismo rumbo o un mismo destino sentí deseos de llorar por aquella soledad infinita que imperaba a mí alrededor; sentí que había tenido una vida y no la encontraba en este lugar; -¿habré llegado al infierno?- me pregunté, y la respuesta en mi mente no apareció. Lloré como un niño asustado al sentirme tan indefenso, tan desnudo en aquella nada donde solamente la arena seca y el viento frío eran testigos de mi aflicción. El llanto silencioso de temor y soledad me venció, quedándome profundamente dormido.

Una suave palmada en mi rostro me despertó; en ese momento tuve la esperanza que todo había sido una pesadilla, pero no era así, aún me encontraba desnudo en aquel lugar grisáceo y desconocido.

Tomando conciencia de mi situación me percaté que varios hombres me miraban serenos e indiferentes a mi desnudez. Sentí vergüenza y traté de cubrirme con mis brazos. Eran cuatro ancianos; en sus rostros se reflejaba el cansancio y la aflicción, pero a la vez lucían un aspecto confiable. Vestían túnicas raídas, pero no había suciedad en ellas. La piel de sus rostros era pálida y grandes ojeras evidenciaban desvelo constante; sus labios rajados por la falta de humedad y sus flacos cuerpos indicaban agotamiento y maltrato. Sentí lástima por ellos, pero percibí en su mirada una fortaleza especial; presentí que podían ayudarme a esclarecer mi paradero.

-¿Dónde estoy?... ¿Quiénes son ustedes?- pregunté asustado con la poca fuerza que aún tenía. Los cuatro ancianos con gran dificultad se sentaron en el suelo arenoso, alrededor de mi desvestida humanidad; me miraron con cierto aire de familiaridad que me tranquilizó. Uno de ellos, el que parecía el mayor me dijo: -Estás en el Encinar de Mamre-. Volvió a ver a su alrededor y prosiguió: -La tierra estéril que ves ahora fue rica y fértil, había vegetación y un gran bosque guardaba a muchos animales que recorrían la llanura. Había abundancia de frutos que prodigaban mucho bienestar a sus habitantes; los ríos corrían cristalinos y en ellos peces de todos tamaños y colores jugaban en sus aguas. El sol nacía cada mañana y la luna iluminaba el sueño de todos los seres vivientes que habitaban en armonía; pero esta tierra fue abandonada a su suerte, no fue labrada por su dueño y desde hace mucho tiempo no crece ni un solo fruto ni la hierba germina; y ha sido invadida por seres malignos que robaron, destruyeron y mataron a todo aquello que tenía vida. Nosotros hemos sobrevivido a toda la maldad que se impuso en esta nación y decidimos huir de nuestros propios territorios gobernados ahora, por la iniquidad. Hemos llegado a este lugar desolado porque los invasores no vienen por acá; pero abrigamos la esperanza de llegar a la otra nación que se encuentra al cruzar la frontera donde podremos encontrar la paz y la prosperidad-. El anciano esbozó una cálida sonrisa y continuó hablando: -Ellos son mis hermanos menores y los cuatro fuimos ricos varones en la tierra que dejamos para resguardar nuestra vida. Yo soy Leví, varón de la tierra de Havilá y ellos son Bezaleel, varón de la tierra de Cus; Aser, varón de la tierra de Asiria y el más pequeño de todos, Aholiab, varón de la tierra de Elam-. Cada uno de los hombres que fue nombrado por el anciano me sonrió con serenidad a pesar de todas sus tribulaciones.

El anciano llamado Aser, me miró con paciencia y dijo: -Te vimos caminar por el desierto y pensamos que eras uno de los invasores, y nos escondimos, pero al escucharte llorar supimos que no eras de ellos; esperamos que te durmieras para estar seguros que no nos harías daño; ¿Quién eres?- preguntó, reflejando en su rostro una mirada compasiva por mi condición.

-No lo sé...no recuerdo nada de mí- respondí bajando la mirada; la pérdida de identidad era desoladora. Una tristeza profunda me embargó provocando que mis ojos se llenaran de lágrimas; no entendía que me había sucedido, de donde venía y hacia donde iba; mucho menos, comprendía como había llegado a ese horrible lugar. No podía pronunciar palabra alguna, solo deseaba llorar porque no había respuesta ni esperanza porque la situación mejorara. Lloré desconsoladamente; los ancianos respetaron mi llanto. La quietud invadía el ambiente, solamente mis gemidos rompían el silencio.

Bezaleel, el tercer anciano se levantó y caminando alrededor del grupo se acercó a mí; tomó mis manos, las observó y con voz generosa se dirigió a todos: -El no ha sido labrador en su vida porque sus manos demuestran que no han surcado tierra alguna, pero son fuertes y grandes para sembrar cualquier extensión de tierra. Parece que no es de por acá; a lo mejor es un ciudadano de la nación que queda del otro lado de la frontera- dijo, dándome una palmada en la espalda queriendo transmitirme paciencia. -Si tan solo estuviese vestido, su atuendo nos indicaría su origen y podríamos ayudarle- terminó diciendo.

El anciano que no había hablado, pero, que estaba muy atento a todo y parecía el más inquieto de los cuatro, se dirigió a sus hermanos con voz clara y dijo: -Creo que el encuentro con este amigo es una señal de arriba, porque hoy extrañamente recogimos una hojuela más- indicó. Todos se miraron confirmando lo dicho por Aholiab, que así se llamaba aquel otro anciano, y sus miradas brillaron de asombro.

-Tienes razón, hermano- afirmó el anciano Bezaleel mirándome con una expresión de caridad; -Debes tener hambre y frío- dijo, cuando el anciano Leví sacó de su alforja una túnica blanca y me la ofreció. Era lo más preciado que recibía, podía sentirme nuevamente cubierto y protegido. Agradecí el atuendo levantándome del suelo para vestirme. La túnica no solo cubrió mi cuerpo, también me hizo confiar en aquellos ancianos que me invitaban a acompañarlos a un refugio que habían encontrado.

Caminamos durante un tiempo adentrándonos en el desierto; los ancianos caminaban con dificultad pero avanzaban con firmeza. Por primera vez sentí hambre y sed. Mis nuevos pensamientos calmaban mi angustia, ahora me sentía acompañado por los ancianos que no vacilaban en sus pasos, parecía que ellos también habían encontrado sentido a su existencia con mi compañía.

Llegamos al centro del encinar, una roca muy grande servía de morada a los ancianos; con unos pedazos de lino habían formado un refugio para descansar. Una sensación de serenidad rodeaba el ambiente, no había nada y a la vez estaba todo. El anciano Leví se inclinó cerca de la roca y extrajo debajo de ella un pedazo de algo, se acercó a mí y lo puso en mis manos diciendo: -Come esta hojuela y descansa; debes reponer fuerzas porque habrán muchas faenas para ti-.

Pregunté que era y como la cosechaban; volviéndose hacia mí, el anciano Bezaleel me respondió: -Es bendición y no la cosechamos; la recogemos al despertar y nos es enviada de arriba donde mora el gran Hacedor de todo lo que vemos y lo que nuestros ojos no contemplan; en su infinito amor siempre nos prodiga su compasión y bondad. Desde que llegamos acá huyendo de nuestras tierras la hemos visto y la hemos comido, ha sido buena y hace desaparecer el hambre y la sed; es una bendición que nos ha guardado para poder sobrevivir en este lugar mientras llegamos a la nación que se encuentra del otro lado de la frontera, pues sabemos que en esa tierra hay abundancia-.

Confiado me llevé la hojuela a la boca, era como pan dulce, agradable y suave. Al comerla, extrañamente se me quitaba el hambre y la sed al mismo tiempo, quedándome una inmensa satisfacción. El anciano Leví también repartió una hojuela a cada uno de sus hermanos y todos comimos en armonía mientras la calidez del ambiente alejaba el frío del desierto.

-Que buena suerte que estos varones me hayan encontrado- pensé; aún no sabía quien era ni a donde iba, pero al encontrarme vestido me sentía reconfortado, gracias a la generosidad de aquellos ancianos que se compadecieron de mí; ahora, dormían serenos y confiados en que nuestro encuentro tenía un propósito que nos beneficiaría a todos.

También dormí confiado, albergando la esperanza de que al despertar sabría la razón de mi existencia.

II

EL RECONOCIMIENTO

-Labrador despierta, que debemos caminar- me dijo el anciano Leví. Desconocía cuanto tiempo había transcurrido pero el sueño había sido reparador. Me levanté sonriendo por el nombre que me habían otorgado; los otros tres ancianos ya estaban despiertos y preparados para salir.

Leví habló de nuevo: -Iremos al norte del encinar sobre su montaña más alta, para que puedas ver desde lejos la tierra de Havilá; luego iremos hacia el sur para que conozcas la tierra de Cus; después buscaremos camino al oriente para que veas la tierra de Asiria y finalmente acamparemos en el occidente, en la tierra de Elam; cuando finalicemos el recorrido, se nos revelará lo que debemos hacer para llegar a la frontera- terminó diciendo, mientras yo imaginaba como habían sido las tierras más prósperas de aquella nación, invadidas por saqueadores que sembraban incertidumbre y maldad. Debíamos cruzar el otro lado de la frontera para encontrar esa otra nación donde los ancianos aseguraban que había prosperidad y paz, y creían que a lo mejor encontraba mi origen y el hogar que había perdido; suponían que yo podía ser ciudadano de esa tierra tan prometedora.

Recogimos de la roca que nos servía de refugio las pocas pertenencias de los ancianos y caminamos por largo rato en dirección al norte, hasta que divisamos una montaña de arena y piedras negras. Iniciamos el ascenso hacia la cumbre; no había nada más que arena y suelo pedregoso que nos ayudaba a asirnos para escalar hacia lo más alto del lugar. Los ancianos subían con dificultad pero una fuerza interior les hacía mantener la energía necesaria para alcanzar la cima.

Al llegar a la cúspide de la montaña encontramos un terreno plano donde nos sentamos a descansar; el frío era intenso y la oscuridad abrumadora. Sentí miedo, pero los ancianos irradiaban serenidad, sabían lo que estaban haciendo. Los cuatro varones me rodearon y abrazándome elevaron sus rostros, agradeciendo haber llegado hasta ese lugar. Mi corazón palpitaba aceleradamente y mi mente desconcertada no entendía por qué sentían la necesidad de agradecer; aún más, ¿Agradecer por algo que era nada?... no entendía en qué nos beneficiaba haber llegado allí, pero, para ellos era un logro especial. Me mantuve en silencio sin entender, mientras los cuatro agradecían, yo me dejaba llevar por aquellos hombres extraños, pero los únicos que representaban vida en ese desierto donde nos encontrábamos.

Terminaron de murmurar sus plegarias con sus miradas clavadas en el firmamento. El ambiente se tornó más claro, empecé a ver los alrededores iluminados con pequeños faroles que se distinguían a lo lejos; era una ciudad envuelta en penumbra y bordeada de grandes muros que la protegían. Desde que estaba en aquel lugar no había visto mucha claridad, y me dio esperanza verla, sin saber que esa luz representaba la maldad; el anciano Leví con serenidad me advirtió: -Aquella es la tierra de Havilá, la cual cuidé como fiel guardián hasta que un malvado ser llamado Hades la invadió con sus huestes destruyendo toda la ciudad; esparció por su paso, la desesperanza, la tristeza y el miedo. Todo el ambiente se ha sumido en una profunda zozobra; Hades y sus cómplices han sembrado la inseguridad en todo el territorio, haciendo que el dueño de estas tierras blasfemara contra los cielos, lo que provocó que la duda y la confusión se enraizaran para siempre, en esta tierra bendita. Desde entonces, Hades domina el territorio de Havilá y ha envenenado las aguas del gran río Fisón que desemboca en ese lugar, llenando el caudal de fango sucio y maloliente; lo ha convertido en un pantano donde viven animales monstruosos que se alimentan de las aguas contaminadas, lo que otrora fue un caudaloso río de aguas cristalinas que nacía en la otra nación, después de la frontera. El maligno Hades ha ganado mucho poder y mantiene el control de la ciudad ordenando a sus cómplices y a los monstruos que acechan y viven en el río Fisón, a destruir a todo el que intente ingresar a la tierra que él gobierna- terminó diciendo.

Leví hizo silencio, entristecido por recordar lo sucedido en el territorio que había cuidado por tanto tiempo, con esmero y responsabilidad. El dueño de Havilá había permitido, con su mal proceder, que el invasor se convirtiera en un ser más poderoso; la falta de fe del dueño de aquellas tierras había provocado que Hades se apropiara de lo que había recibido por heredad.

En ese momento, me pregunté: -¿Cómo un terrateniente no sabe guardar lo que es suyo y permite que otro se lo arrebate?-. El anciano Aser me miró a los ojos comprendiendo mis pensamientos y dijo: -Cuando perdemos la esperanza de un mañana mejor, cuando dejamos de ser obedientes a nuestros principios y valores, y perdemos la alegría que se encuentra en la cotidianidad de la vida, nos es arrebatada la fe en nosotros mismos y principalmente en nuestro Creador; es entonces, cuando la maldad invade el espíritu del hombre, sembrando la duda que trae consigo el miedo, la zozobra y la desesperanza que nos acecha y nos hiere- dijo mientras me miraba detenidamente.

Observé de nuevo aquella gran ciudad, era inmensa. Se percibía que en otro tiempo había sido próspera. Tenía murallas alrededor y el gran río Fisón era el que la abastecía de agua cristalina; grandes extensiones de tierra se miraban a lo lejos, extensiones que un día fueron fértiles y abundantes en manos del anciano Leví que la guardaba. Yo no comprendía cómo el dueño no impidió la invasión de Hades y que este maligno se apropiara de lo suyo, si era su herencia y los habitantes de su tierra le eran fieles servidores. -Pobre Leví– pensé, -Ser fiel a alguien que lo traiciona y ahora lo obliga a vivir desterrado en un lugar sin vida como este desierto-.

El anciano seguía observando la que había sido su morada, los ojos le brillaban por las lágrimas de desconsuelo que derramaban. Sus hermanos lo abrazaban y lo animaban, mientras yo deseaba poder ayudarlo a recuperar su hogar, pero ¿Cómo?, Hades había crecido en poder y al dueño de aquella tierra parecía no interesarle lo que sucedía, y ayudar a su fiel guardián a rescatar lo que le pertenecía posiblemente no estaba en sus planes.

Hice silencio y respeté el dolor que sentía mi nuevo amigo Leví. De repente el varón se levantó, miró al cielo y sonrió como si alguien le hubiese susurrado palabras de aliento. Volvió hacia mí y extendiendo sus brazos dijo: -Siempre hay esperanza cuando reencontramos la fe. Por ello, debemos seguir nuestro destino con alegría porque nos traerá cosas nuevas- indicó, mientras su sonrisa le iluminaba el rostro.

Leví poseía una fortaleza impresionante. Hacía un momento estaba derrotado al ver de nuevo el caos en que se encontraba su tierra pero, una sonrisa llena de esperanza volvía a relucir en su cansado rostro; -¿De dónde le provenía su fortaleza?- pensé, mientras recibía su cálido abrazo que me transmitía tanta seguridad para continuar, a pesar que aún no recordaba nada de mi propia vida.

-Debemos seguir nuestro trayecto, se hace tarde y el viento se enfriará aún más- anunció el anciano Bezaleel, mientras los varones Aser y Aholiab se preparaban para descender la montaña. Ayudé a Leví a descender; con su presencia cualquier trayecto se hacía más fácil de recorrer. El varón Leví era un hombre especial, poseía el talento de transmitir la esperanza en sus palabras y mantener la alegría en el grupo; cada vez que alzaba su mirada obediente a los cielos, su rostro se rejuvenecía. Al parecer, recibía de arriba una fe grandiosa que le otorgaba la energía para enfrentar cualquier obstáculo y salir victorioso. Daba la sensación que mantenía una extraña comunicación con los cielos; cuando su mirada se encontraba con lo Alto, una fuerza sobrenatural parecía envolverlo en una nueva luz para seguir su destino. Me sentía tan protegido por su santidad que olvidaba mi propio sufrimiento.

Caminamos por mucho tiempo con dirección al sur hasta que observé una hondonada al frente de nuestro camino; me dolían los pies, habíamos caminado mucho tiempo y sin descansar. Atravesamos todo el territorio de Mamre encontrando solamente arena, piedras y un viento frío que nos mantenía despiertos. El anciano Bezaleel se adelantó con paso apresurado en dirección a la hondonada, corrió desesperado para llegar a ese lugar; estaba visiblemente perturbado.

Habíamos llegado a la tierra de Cus y aquel varón que la guardaba no la veía desde el momento en que huyó al desierto para resguardar su vida. Leví nos detuvo a una distancia prudente donde se encontraba Bezaleel y nos miró; todos entendimos que debíamos dejarlo a solas, en su reencuentro con la tierra que había sido su hogar.

Bezaleel era un anciano recatado con la mirada de generosidad más agradable que haya visto; de pocas palabras, pero cuando intervenía era justo en su decir y ante tantas vicisitudes, la paciencia era la gran virtud que poseía. Era notorio que conocía de la vida, pues durante el trayecto a la tierra de Cus sabía perfectamente cuanto tiempo nos tardaríamos en llegar y cual era el ritmo que debíamos mantener para lograr el cometido. Sin embargo, nunca se ufanaba de su capacidad y experiencia; por el contrario, en cada palabra y en cada conocimiento que nos compartía, la humildad y la paciencia eran sus compañeras.

Postrado en el suelo, Bezaleel observaba con tristeza aquella tierra tan importante para él; se notaba que el sufrimiento era grande y los recuerdos llegaban a su memoria como torpedos inmisericordes que le hacían revivir los momentos dolorosos de su huida al desierto de Mamre. Deseaba poder consolarlo, pero no me sentía fuerte ni capaz para darle palabras de aliento; solamente una tristeza parecía embargarme al ver sufriendo a un hombre como Bezaleel.

El anciano Aholiab me volvió a ver esperando que yo hiciera algo al respecto para consolar al varón de Cus. Busqué la mirada de Leví para que me indicara la respuesta de lo que debía hacer; él me sonrió con su rostro iluminado y me transmitió con el brillo de sus ojos, la esperada respuesta. Entonces, corrí hacia donde se encontraba Bezaleel pero nada pude decirle, únicamente me provocó abrazarlo y expresarle con la fuerza de mis brazos, la promesa de ayudarle a recuperar su hogar.

El anciano agradecido respondió a mi abrazo y entendió mis pensamientos; dándome unas palmadas en la espalda, dijo: -Eres un buen hombre, amigo Labrador; si hubiese recibido muestras de solidaridad del dueño de la tierra de Cus, como tú lo has hecho ahora, juro que jamás hubiese abandonado esta ciudad, pero eso nunca sucedió- terminó diciendo, bajando su mirada al suelo con nostalgia al recordar las actitudes de su amo.

No podía imaginar como era el dueño del territorio de Cus; pensé que era similar al señor de Havilá, porque ambos habían permitido tantos vejámenes en sus dominios. Una fuerte curiosidad mezclada con rabia al ver el sufrimiento de aquel anciano me hizo preguntar: -Bezaleel, ¿Por qué ha sido tan ignorante el dueño de Cus para perder su tierra?-. Me miró con sus ojos llorosos y respondió: -El dueño de Cus era un hombre rico e inteligente, pero la vanidad lo arrastró hacia funestas influencias. Se dejó convencer por un hombre soberbio llamado Fatuo para que lo nombrase su consejero. Fatuo lo adulaba, lo alejó de la generosidad y la paciencia, convirtiéndolo en un ser egoísta, autoritario e intolerante. Si alguien necesitaba de la ayuda del dueño de Cus, Fatuo intervenía y le aconsejaba para que actuara con arrogancia y egoísmo, sobretodo, en las decisiones que debía tomar en relación con las necesidades de su pueblo. El tiempo pasó y todos los habitantes del lugar empezaron a alejarse del dueño de esas tierras. Nadie quería saber de él, situación que fue aprovechada por el mal consejero Fatuo para promover la sublevación engañando a los habitantes. Hubo guerra y saqueos inducidos por Fatuo que, junto con sus cómplices, le robaron al dueño de Cus toda su riqueza, sembrando en el territorio la injusticia y la maldad. Muchos habitantes murieron en la invasión y otros se aliaron al mal en señal de venganza contra su amo, por todas las arbitrariedades que había cometido por consejo del malvado. Logré prever lo que iba a suceder pues conocía a aquel miserable consejero del Amo, y en medio de la oscuridad, huí a este desierto para encontrarme con mis hermanos- terminó diciendo, con tristeza.

Bezaleel suspiró con dolor al recordar la maldad que imperaba en su tierra; la soberbia había hecho estragos en Cus. Me acerqué al filo de la hondonada para observar aquella ciudad que un día fuera un lugar donde se cultivaban los conocimientos de la ciencia y de la vida.   Me impresioné al ver el incandescente río que rodeaba aquella ciudad. El anciano viendo mi impresión me indicó: -El río que ves, un día fue caudaloso y cristalino pero, cuando el dueño de aquellas tierras fue desterrado de su propiedad, el malvado Fatuo hizo llegar lava y fuego sobre las aguas del río para que nadie pudiese entrar a Cus; el calor de las aguas afectó a los habitantes de esa tierra y ahora sus rostros están desfigurados y sus cuerpos mutilados por graves quemaduras, debido al intenso calor que emanan las corrientes del río Gihón que así se llama este río y que en otros tiempos fue fuente de vida, pero ahora, es fuente de maldición-.

Ayudé al anciano Bezaleel a levantarse; sus hermanos lo abrazaron y nuevamente observé aquella ciudad que se iluminaba con las aguas incandescentes del río que la bordeaban por completo. Un fuerte olor a azufre invadía el ambiente; era impresionante observar una ciudad tan grande, llena de edificaciones monumentales, y que en ella, no hubiese oportunidad de vida. Mis pensamientos trataban de visualizar al que había sido el gran señor de Cus, pero la tristeza reflejada en el rostro del varón Bezaleel impedía describirlo en mi mente; la rabia se apoderaba de mi razonamiento y solamente imaginaba el rostro del invasor Fatuo y de aquellos seres desfigurados que ahora eran cómplices en sembrar la injusticia en aquel territorio.

El anciano Leví interrumpió mis pensamientos. Con una mirada triste pero, con su inigualable sonrisa me ofreció una hojuela. -Come en paz; debemos descansar y reponer fuerzas, aún nos falta mucho camino que recorrer para llegar a la tierra grande de Asiria-. Tomé en mis manos aquel alimento y me uní a los demás ancianos que se habían sentado junto a Bezaleel para agradecer a los cielos el alimento que nos brindaba.

Los pies aún me dolían y debía descansar. Aún no comprendía la necesidad de conocer el caos de cada tierra donde los ancianos habían servido como fieles guardianes para llegar a la frontera; entonces, dirigiéndome a ellos les pregunté: -¿Por qué no buscamos de una vez el camino hacia la frontera y no perdemos el tiempo en observar la maldad que gobierna cada territorio de esta nación?-. Aholiab me volvió a ver y respondió: -Amigo Labrador, no se aparten estas cosas de tus ojos; guarda la ley y el consejo, serán vida a tu alma y gracia a tu cuello. Andarás por tu camino confiadamente y tu pie no tropezará. Cuando te acuestes no tendrás temor, sino que te acostarás y tu sueño será grato. No tendrás temor de pavor repentino ni de la ruina de los impíos cuando viniere, porque tu Creador será tu confianza y Él preservará tu pie de quedar preso-.

El anciano Aser escuchó lo que su hermano me decía y también habló: -Debemos conocer la maldad de los demás para saber como puede presentarse; así sabremos cómo alejarse de ella e impedir que se aloje en nosotros. En la adversidad de la vida se encuentra la fortaleza; permite que la fe en el Creador crezca y se consolide. Por ello, debemos continuar nuestro camino para encontrar la dirección que nos llevará a la frontera y entrar en la otra nación con capacidad y conocimiento, así podremos iniciar una nueva vida de paz y prosperidad. Cultiva la paciencia, y poco a poco conocerás el propósito de nuestro viaje- dijo, mientras miraba a sus hermanos.

De nuevo, la serenidad llenó mi interior al escuchar aquellas palabras. Sentí que la compañía de los ancianos era providencial en aquel lugar estéril y frío. Aún no recordaba nada de mi vida pero presentí que mis nuevos amigos me ayudarían a encontrar mi destino. El cansancio del largo trayecto me obligó a tomar un descanso. Ya no tenía miedo, mi sueño era grato...

El ruido del viento me despertó. Había pasado el tiempo y los ancianos aún dormían. Desperté al varón Leví quien incorporándose me agradeció que lo despertara. Luego, cada uno de los ancianos se pusieron de pié para continuar el viaje.

El anciano Aser me miró y dijo: -Ahora conoceremos mi hogar, la gran ciudad de Asiria; caminaremos hacia el oriente hasta encontrar unos peñascos-. Y así, comenzamos el camino hacia Asiria con dirección al oriente. El ambiente era oscuro y el viento frío golpeaba nuestros rostros. El varón Aser dirigía al grupo; había sido el guardián de aquella tierra, un hombre vigoroso y sereno que poseía como virtud la compasión por los demás. Se destacaba de los otros ancianos porque a pesar de su condición física, mantenía el paso firme y su cuerpo erguido. Poseedor de una gran fortaleza, siempre era el primero en llegar, nunca jadeaba de cansancio y buscaba la forma de ayudar a sus viejos hermanos que, aunque caminaban con seguridad, su respiración se agitaba.

Durante el camino, el anciano Aser nos fue narrando el sufrimiento que se había apoderado de la tierra de Asiria; igual que sus hermanos, Aser servía como guardián a un gran terrateniente que gozaba de ser el dueño de un extenso territorio lleno de animales de todas las especies; los frutos que cosechaban eran famosos en toda la nación por su tamaño y exquisito sabor. Todo lo que se producía en el lugar llevaba consigo nutrientes especiales que dotaban a sus habitantes de extraordinarias cualidades, tanto en fuerza como en belleza.

Según contaba el varón de Asiria, sus tierras contenían minerales que nutrían poderosamente a las siembras haciéndolas fuertes y abundantes; no había helada o tormenta que pudiese arruinar los cultivos gracias a esos elementos fantásticos que poseían las tierras de la gran Asiria. Con sólo lanzar semillas de cualquier especie en ese terreno fértil germinaban con rapidez, y proveían de alimento abundante a los habitantes de ese territorio.

El anciano contó también, que todos los animales que pastaban en sus tierras crecían más rápido; ese alimento provocaba la mansedumbre de los animales, no peleaban entre ellos porque aquel pasto los mantenía serenos, fuertes y satisfechos. Ningún animal tenía necesidad de atacarse uno al otro para sobrevivir. Sin embargo, el animal que se enfureciera o intentara atacar a un animal de otra especie moría en el acto. Igualmente, sucedía con los habitantes de Asiria; nunca les faltaba el alimento y el calor, pero si alguien intentaba hacer algo en contra de otro, moría en el acto de una manera extraña, condenado por su equivocada decisión. Todos conocían ese fenómeno y ello los hacía: solidarios. La prosperidad reinaba en esa tierra bendecida.

Sin embargo, el dueño de aquellos territorios no valoró la riqueza de sus posesiones; era tan abundante la prosperidad que no reparaba en desperdiciar. Un día, llegó un forastero a la gran ciudad de Asiria, un hombre hábil en su hablar y buscó al terrateniente para ofrecerle un negocio. Con su elocuencia convenció al dueño de Asiria a que extrajeran de la tierra aquellos minerales extraordinarios para venderlos a otras naciones, con la promesa de aumentarle su riqueza en mil por uno. A cambio de ello, el forastero llamado Balac le revelaría el secreto de un polvo mágico que al diluirlo en una copa de vino y beberlo, el efecto le haría sentir nuevos placeres; podría llegar en sueños a cualquier lugar inimaginable. El forastero Balac llenó de ambiciones al terrateniente quien deseaba conocer el futuro del mundo, para poder aprovecharse y dominar otros territorios. El malvado le ofreció convertirlo en el ser más poderoso de la Tierra.

-¡Cuánta ambición!- expresó el anciano Bezaleel. -El hombre no valora la riqueza que recibe por bendición y heredad; lo arriesga todo por ambicionar la riqueza de la Tierra- terminó diciendo, mientras yo imaginaba la tentación a la que había sido sometido el terrateniente de la gran Asiria.

Mientras tanto, el anciano Aser afirmaba con su cabeza lo dicho por su hermano y proseguía con su relato. -Tienes razón hermano; la ambición del gran señor de Asiria y la tentación por sentir los placeres mundanos llevó a aquel hombre rico y bueno a perder todo cuanto tenía, pues el malvado forastero Balac le dio a beber aquellos polvos que no eran otra cosa que, extractos de hongos alucinógenos que le provocaron la pérdida de la conciencia y lo indujeron a la perdición, enfermándolo de una extraña dolencia pestilente. Mientras eso sucedía, el malvado Balac se apropiaba de sus tierras, sembrando a su paso la inmundicia y la enfermedad. Los habitantes temieron al forastero pues lo veían como un ser superior que podía envenenarlos como lo había hecho con su amo. Muchas personas sucumbieron ante los deseos del malvado forastero, y a otras las convenció a que peleasen unas contra otras, para que muriesen en el acto, tal como sucedía en la tierra de Asiria.

Cuando Balac logró dominar el lugar regó de pestilencia el caudaloso río Hidekel que rodea el territorio, provocando la putrefacción de sus aguas y la enfermedad eterna para aquellos que beben de ese río. Ahora los habitantes que le sirven al invasor no mueren porque éste les ha enseñado a vivir de la putrefacción; inmundos seres que mantienen un dolor constante que los hace malvados y agresivos. El invasor les provee de una pócima que les alivia temporalmente sus dolores; sin embargo, pasado el tiempo, el dolor regresa con mayor intensidad. Por esa supuesta medicina, los habitantes le sirven fielmente dispuestos a matar a quien atente contra los intereses del malvado; los ha sumido en la enfermedad y en el dolor eterno- terminó narrando el anciano, mientras los demás escuchábamos con atención lo acontecido en aquella tierra.

Mis pensamientos trataron de imaginar lo sucedido en Asiria; -¿Cómo podía existir tanta ambición en un hombre?-

20

pensé, queriendo comprender lo ocurrido al dueño de aquella tierra.

Seguimos caminando; el varón Aser divisó unos peñascos a pocos metros de donde nos encontrábamos; habíamos llegado a Asiria. El anciano se arrodilló frente a aquellas grandes piedras y murmuró una oración. Los gemidos que salían de su corazón eran intensos al ver de nuevo el lugar que había sido su hogar.

Bezaleel me abrazó y dijo: -¿Puedes imaginarte la maldad del hombre cuando lo domina la ambición y el vicio?... todo a su alrededor se pudre y enferma, como una epidemia que mata sus fuerzas de vivir; entonces la desdicha se presenta y la inmundicia le rodea. Por ello, debemos estar alejados de las tentaciones que se presentan en la vida, éstas se disfrazan como grandes oportunidades de beneficio pero, poco a poco demuestran su verdadero rostro de maldad-.

Me acerqué a los peñascos que marcaban el inicio del territorio de Asiria; pude observar desde allí la gran ciudad que Aser miraba silencioso dejando entrever la tristeza que le venía del alma. Era una ciudad grande y en ella, se destacaba una extensa llanura, símbolo anterior de prosperidad y salud. Trataba de imaginar la fuerza de sus animales y la belleza de sus habitantes durante el tiempo que el anciano Aser la había guardado, pero mis pensamientos se centraban en comprender la maldad e inmundicia que ahora dominaban la gran Asiria. Se miraba una tierra desierta y triste donde los gemidos de dolor se escuchaban a lo lejos, como si la misma tierra llorara eternamente por la enfermedad que la asolaba.

El anciano Aser sereno y con una fortaleza indescriptible se levantó, se acercó a mí y dijo: -Amigo Labrador, nunca permitas que la violencia, la indecencia y el vicio se apoderen de ti, porque solamente traerán la enfermedad a tu alma; los frutos de la vida deben ser bien utilizados y compartidos con los demás, pues, en el dar, encontramos la misericordia de nuestro Creador quien nos recompensa con la fuerza de la serenidad y el amor-. Volví a ver aquella gran ciudad que se sumía en la enfermedad y el dolor eterno. Traté de imaginar al despilfarrador dueño de aquellas tierras; ¿Cómo la ambición ciega y desmedida de este desventurado pudo ser más fuerte que sus propios valores?, no pudo rechazar las tentaciones de Balac que ahora gobierna la ciudad. Los habitantes se arrastran debido a los intensos dolores que sufren. ¿Cómo se podrá eliminar la maldad en esta nación?- pensé; -¿Cómo ayudar al anciano Aser y a sus hermanos a recuperar lo que fue su hogar?-.

Las ideas aparecían indefinidas y confusas, pero mi corazón aclaraba el deseo de ayudarlos; debía hacer algo para enfrentar a todos aquellos que producían tantos males en esa nación, y obligaba a los bondadosos ancianos a mantenerse desterrados de sus hogares; ellos merecían otro destino en el final de sus vidas.

-No te apures Labrador, en el momento oportuno tendrás la fuerza para ayudarnos, pero debes encontrar la serenidad, la sabiduría, la alegría y la pureza que hay en ti- me dijo Bezaleel. Pero... -¿Cómo encontrar esos valores dentro de mí si ni siquiera sé quien soy?- pensé.

El anciano Leví interrumpió mis pensamientos y dijo: -Debemos tomar camino al occidente del Encinar para encontrar la tierra de Elam; luego te indicaremos como podrás ayudarnos y... ayudarte-.

La serenidad de mis amigos avergonzó mi impaciencia; habían pasado tantas calamidades, de sus hogares habían sido alejados y aún sentían esperanza; seguían creyendo en el mañana, sin odiar la debilidad y el egoísmo de sus amos que no habían valorado su lealtad.

La fortaleza de estos hombres, me hacía sentir la necesidad de hacer algo para ayudarlos a recuperar sus hogares, pero... ¡No sabía cómo! Sin embargo, el agradecimiento por estos ancianos me incitaba a ayudarlos. En tan poco tiempo de conocerlos, me habían dado tanto, sin esperar nada a cambio.

-Ven amigo Labrador, caminemos hacia la tierra de Elam, la gran ciudad de la riqueza donde serví a mi señor- dijo el anciano Aholiab. -Cuando sientas que el viento arrecia como un huracán será la señal que estamos cerca de mi hogar- terminó diciendo con voz entrecortada. La emoción de ver nuevamente aquella tierra que amaba se evidenciaba en su rostro.

Iniciamos el camino con rumbo al occidente del Encinar. Los cinco íbamos cansados y muy consternados de todo lo que habíamos visto en los territorios de Havilá, Cus y la gran Asiria; todo era maldad e injusticia. Los invasores se habían apoderado de cada centímetro de esos territorios y en cada uno reinaba la iniquidad. Debíamos finalizar nuestro trayecto conociendo la situación del territorio de Elam, que a juzgar por la tristeza de Aholiab adivinaba que su tierra había corrido con la misma suerte que las de sus hermanos.

-¿Por qué hay tanto viento en Elam?- pregunté al anciano, -¿Por qué le llaman la ciudad de la riqueza?- volví a inquirir. El buen hombre me respondió: -Elam era un territorio en donde sus habitantes se entregaban al trabajo cotidiano con vehemencia y satisfacción. Todos eran ricos, no había pobreza. El gran río Eúfrates proveía de abundancia y prosperidad a Elam, porque el lecho de sus aguas era de oro y plata; además, piedras preciosas de todos los tamaños y colores corrían por sus aguas. Los habitantes de esta tierra se dedicaban a extraer aquellos tesoros, (recolectaban zafiros, diamantes y grandes rubíes), los cuales comercializaban para luego, distribuir entre los habitantes y de manera justa, las ganancias producidas. No había necesidad, reinaba la prosperidad. El dueño de esta tierra era un hombre de gran corazón, humilde y trabajador que daba ejemplo de honradez. Un forastero de nombre Acab, llegó a Elam acompañado de sus cuatro bellas hijas; las presentó ante el amo del lugar, fingiendo una serie de artimañas para emparentarlas con él. El terrateniente quedó prendido de las hijas del malvado Acab, quien al darse cuenta ordenó a sus hijas que ofrecieran sus encantos al buen señor. Una noche, la lujuria, el morbo, la lascivia y la traición se unieron en forma de mujer mostrándole los placeres carnales del mundo. Las caricias y encantos de aquellas mujeres, que adiestradas por el maligno Acab, minaron la voluntad del amo, quien sucumbió ante los ofrecimientos perniciosos del forastero y su descendencia. Abandonó su trabajo y obligó a los ciudadanos a producir para él, para sus amoríos y sus constantes sesiones de lujuria. Las hijas de Acab le exigieron oro, plata y piedras preciosas como pago por las noches de placer, y de esa manera acumularon una riqueza inimaginable para su malvado progenitor. Ante esa vida de despilfarro y avaricia, el señor de Elam provocó la pobreza en su territorio y muchos habitantes huyeron de aquellas tierras por temor a que el malvado, que asumía el poder, les quitara sus pertenencias, como lo había hecho con el amo. Acab dominó la ciudad de la riqueza y la convirtió en un lugar de miseria y holgazanería, donde el saqueo y la traición fueron los actos que dominaron la comarca. El malvado, que invocaba las fuerzas ocultas, llamó a las tinieblas, y la tempestad se hizo presente en las aguas del río Eúfrates para que nadie se acercara a extraer la riqueza de sus aguas, sembrando así, una vida de miseria y corrupción. Por ello, cuando sientas que el viento arrecia es que estamos cerca de Elam- terminó diciendo el anciano, que salió de aquel lugar para encontrarse con sus hermanos.

Otra vez las preguntas se agolparon en mi mente. Imaginaba aquella tierra, rica en oro y piedras preciosas, y no me explicaba como un hombre poderoso perdía todo por sucumbir ante las tentaciones carnales. De nuevo, un sentimiento de incomprensión me embargó al pensar lo injusto que había sido aquel terrateniente con mi amigo Aholiab, un hombre bueno y compasivo. Miré a los ancianos, me compadecí de aquellos hombres bondadosos que habían sido traicionados por sus amos; deseaba ayudarlos, pero no encontraba respuesta a mis intenciones.

El viento golpeó mi rostro. Entendí que estábamos cerca de Elam; grandes ráfagas de viento se elevaban y volvían hacia nosotros. Los tornados se acercaban inmisericordes a nuestros débiles y cansados cuerpos queriendo tumbarlos y lanzarlos por los aires.

Era difícil mantenernos en pie; la fuerza del viento era superior a nuestra fortaleza; aquellos vientos producían un ruido ensordecedor y tenebroso que espantaba al más valiente. Traté de sujetar a los ancianos Leví y Aser, pero el vendaval me lo impedía. Bezaleel que abrazaba a Aholiab, gritó con todas sus fuerzas para que buscáramos refugio dentro de una gran roca que sobresalía a un costado del camino. Para nuestra suerte, en esa piedra se había formado un agujero por el constante impacto del viento; era una pequeña cueva en la que logramos refugiarnos, haciendo un esfuerzo sobrehumano. Al entrar en la cueva, nos sentimos seguros de los terribles embates de la tormenta.

Nos acomodamos con dificultad, mientras el viento encolerizado retumbaba con más fuerza. Sentí pánico y pensé que mi final había llegado. Los ancianos murmuraban una oración que no entendía; percibí en ellos intranquilidad y pavor, comprendí entonces, el peligro latente que imperaba en la tierra de Elam.

Al terminar la oración, la furia del viento se disipó, apenas se escuchaba un silbido tenebroso; me pareció que lo peor había pasado. El calor de nuestros cuerpos me hacía sentir mejor en aquel limitado espacio. Bezaleel que se encontraba a mi lado me susurró: -No temas amigo Labrador, aquí estamos seguros; lo peor ha pasado pero, el mal ha sentido nuestra presencia y no vacilará en tratar de expulsarnos de sus dominios; debemos estar en silencio para que crea que nos ha eliminado-. Estaba lleno de temores, no deseaba moverme. Contenía la respiración para no hacer ningún ruido. Me sentí débil y pequeño en aquel lugar, y no encontraba explicación alguna a lo que estaba viviendo. –Si recordara quien era y de dónde venía, podría huir de este horroroso lugar- pensé, pero mi memoria me fallaba. No comprendía si merecía vivir este pavor o la justicia divina se cernía sobre mí.

-¿Por qué tenía que pasar por todo esto?, ¿Qué hice en la vida para sentir la maldad que me acecha?, ¿Cuándo terminará este sufrimiento?- pensé, mientras mi cuerpo temblaba, no de frío, sino de espanto.

Sentí un brazo que rodeó mi espalda, era Leví que adivinaba mi aflicción e intentaba protegerme de mis propios miedos. -Amigo Labrador, el mal es grande y fuerte pero, el bien siempre lo destruye con su infinito amor- dijo, esbozando aquella sonrisa iluminada que manifestaba su gran fortaleza. Me acerqué a él como un niño asustado para sentir su protección, mientras el anciano sonreía, a pesar del peligro que nos envolvía.

-Debemos irnos de aquí; busquemos el camino hacia la frontera- propuse. Sentía miedo y estar escondido en la cueva no disipaba mis temores; pero entendí que debíamos seguir nuestra ruta, a pesar de que las fuerzas del mal se mostraban superiores.

Bezaleel, nuevamente me susurró: -El miedo nos acompaña siempre; es como una sombra de nuestro ser que persigue nuestros pasos hasta que decidimos enfrentarlo con la fe y la oración. La oración con fe se eleva a los cielos llevándose consigo nuestras aflicciones-.

El viento cesó. Aquel silbido tenebroso se perdió en las palabras del varón de Cus, palabras que sosegaban mis inquietudes.

En medio de la oscuridad que cubría la cueva escuché la respiración agitada de uno de los ancianos; era Aser. Su cuerpo temblaba por la fiebre causada por el cansancio y la poca ventilación que había en la pequeña cueva. Jadeaba buscando aliento, pero su débil cuerpo no respondía; balbuceó unas palabras, pero sus fuerzas abatidas no le permitieron expresarse con claridad. Bezaleel se acercó al anciano para consolarlo, cuando de repente, escuchamos un gemido de dolor en el otro extremo de la cueva; era Aholiab que sentía dolores en todo el cuerpo. Aunque trataba de contener sus gemidos, el dolor era más fuerte que su serenidad.

Empecé a preocuparme por lo que estaba sucediendo. Mis amigos se encontraban enfermos y no comprendía la razón de sus males; percibí que la situación era grave. Me acerqué a Leví deseando encontrar una explicación a las tribulaciones que dominaban a los otros ancianos, pero fue imposible, el varón de Havilá había caído en un profundo desmayo; la tristeza y la desesperanza se habían apoderado de su cuerpo. Traté de despertarlo, pero mis intentos fueron infructuosos, no reaccionaba; solamente su respiración me indicó que aún vivía...

Bezaleel, el varón de Cus, trataba de entender los balbuceos de su hermano; él aparentaba estar bien. Deseaba ayudar, pero, ¡No sabía cómo!

El corazón me palpitaba con fuerza y la preocupación por mis amigos se hacía evidente; quería ayudar a aquellos hombres que estuvieron conmigo desde que me encontraron solo, desnudo y sin recuerdos, en aquel desierto inhóspito y desconocido.

III

EL LEGADO

-EL tiempo se agota amigo Labrador, debemos enfrentar la maldad de esta nación; de esa manera podremos salvarle la vida a mis hermanos- dijo Bezaleel angustiado por la condición de los ancianos.

-Leví ha caído en el sueño de la desesperanza; Aser sufre ceguera y mi pequeño hermano Aholiab padece el mal de lepra- diagnosticó, mientras gemía de desaliento. -Si mueren, moriré también, pues nacimos en un mismo tiempo y sabíamos que moriríamos juntos; pronto enfermaré- sentenció el anciano, esperando su destino.

-¿Qué debo hacer para ayudarlos?- le pregunté; -No dejaré que ninguno muera, así tenga que dar mi vida por rescatar la de ustedes-. Al escuchar mis palabras, Bezaleel besó mis manos en un gesto de agradecimiento.

-Gracias querido amigo, en verdad sólo tú puedes librarnos de la muerte; no nos queda mucho tiempo pero, tu decisión de intentarlo es suficiente. Sin embargo, debo decirte que la medicina que nos salvará está en nuestros hogares; en cada una de las tierras que guardamos, deberás encontrar la semilla que curará nuestros males y nos devuelva la fuerza para llegar a la frontera. Es preciso que estemos sanos para cruzar la frontera y entrar en esa nación, donde estaremos libres de toda maldad-.

-¿Semillas?, ¿De qué?, ¿Dónde las encuentro?- pregunté; quería conocer los detalles, el tiempo se agotaba y yo estaba impaciente y ávido por ayudar a que mis buenos amigos se curaran de sus males.

-En Havilá buscarás la semilla de mostaza que hará despertar a Leví de su profundo sueño; después irás a mi tierra, Cus, a buscar la semilla de culantro para recuperar mi salud que se deteriora; luego tomarás el camino hacia la tierra de Asiria y buscarás la semilla de la vid que devolverá la visión a Aser; y por último, debes regresar a la tierra de Elam donde buscarás la semilla de trigo que limpiará a Aholiab de la peste que lo atormenta-. Tomó aliento y continuó indicando: -Las semillas no las traerás contigo; deben ser depositadas en las aguas de los ríos que bordean los territorios que un día guardamos; de esta manera recuperaremos nuestra salud. Sin embargo, es necesario que te alerte, pues las batallas que librarás serán difíciles en la medida que el mal te envuelva y trate de dominarte. Podrás vencer a los invasores, si descubres los talentos que te han sido otorgados desde tu nacimiento, y los utilizas con todas tus fuerzas-.

El anciano se acercó a Leví con dificultad, tomó su pequeña alforja y me la entregó diciendo: -Esto es lo único que queda de nuestra riqueza, tómalo y usa su contenido cuando percibas una señal en tu corazón; si percibes dentro de ti que la indecisión te acompaña, eleva tu mirada a los cielos y allí encontrarás la luz del entendimiento-.

Abrí la alforja para conocer su contenido; había un poco de incienso marrón, un pequeño frasco con bálsamo, una brillante daga sin filo y un escudo abollado que apenas cubría mi mano. -¿Cómo me defenderé con estas cosas?- pensé, mientras buscaba la mirada de Bezaleel en aquella oscuridad... se había quedado dormido. Su respiración serena me indicó que el cansancio lo había vencido.

Ahora, todo dependía de mí. Me acerqué a cada uno de los ancianos y besé sus manos; prometí en silencio que daría mi vida, si fuese necesario, para verlos de nuevo, sanos y salvos. Sentí compasión y angustia por ellos, pero el amor me levantó del suelo. Salí de la pequeña cueva decidido a enfrentar la maldad para salvar a mis amigos.

De nuevo, estaba solo. La arena y el viento frío me acompañaban en aquel lugar, sumido en la maldición. Sin embargo, sentí que mi vida tenía un propósito. Dependía de mí, y sólo de mí encontrar la victoria o el fracaso.

IV

LA LUZ DEL ENTENDIMIENTO

Caminé apresurado esquivando el viento enfurecido que rodeaba el territorio de Elam. Mis pensamientos retenían las instrucciones de Bezaleel; las palabras del anciano retumbaban en mi cabeza como una sentencia de vida o de muerte: *"Podrás vencer a los invasores si descubres los talentos que te han sido otorgados desde tu nacimiento y los utilizas con todas tus fuerzas"*.

Aún no recordaba mi origen ni donde se encontraba mi hogar, mucho menos, mi identidad, -¿Cómo podía descubrir mis talentos con los que había nacido, y cuáles eran las fuerzas que habitaban en mí, si ni siquiera sabía quien era?- pensé, mientras corría con todas mis energías para no perder tiempo; ello significaba la vida o la muerte de mis amigos.

Mi mano apretaba la alforja y su contenido; mis pensamientos se llenaban de angustia. -¿Cómo podré defenderme con incienso y bálsamo?, ¿Cómo podré cubrirme con este pequeño escudo y evitar la ira de los invasores con una daga sin filo?- pensé, mientras caminaba presuroso en dirección a la tierra de Havilá; me guiaba únicamente el agradecimiento y el cariño por aquellos ancianos para enfrentarme a algo maligno y desconocido.

Seguí caminando; recordaba lo vivido junto a los varones de esa nación; el rostro del anciano Leví se reflejaba en mis pensamientos, ¡Qué fortaleza!; un hombre que, con su iluminada sonrisa alegraba cualquier corazón angustiado; la esperanza siempre lo acompañaba y la convicción de que el mañana sería mejor, lo irradiaba. -¡Cómo deseo abrazarlo!- pensé, mientras continuaba mi camino.

El rostro del anciano Bezaleel también aparecía en mi mente; sus palabras y su prudencia mostraban su generosidad e inteligencia; -¡Si me hubiese acompañado estaría seguro, él sabría librar las batallas que se avecinan!- pensé preocupado, por la enfermedad que aquejaba a mi paciente amigo.

Suspiré, y el rostro del varón de Asiria se reflejó también en mi mente. El anciano Aser, sereno y con la mirada de compasión más sincera que hayan visto mis ojos; era un hombre tranquilo y cristalino que daba todo, sin esperar nada a cambio; -¡Cómo necesito tu serenidad en estos momentos, amigo Aser!- exclamé. Mis ojos se humedecieron al recordar la condición en que se encontraba el anciano, dentro de la oscura cueva.

También recordé al varón de Elam, el buen Aholiab, y me entristecí aún más recordando el semblante de dolor que denotaba su rostro. -¿Dónde está la justicia para un hombre justo?- pensé, recordando también la bondad de aquel hombre humilde y virtuoso, dispuesto siempre, a ayudar a los demás.

Mis lágrimas se secaron con el viento frío que me acompañaba en busca de la salud de mis amigos. Tenía que apresurarme y hacer lo correcto; no tendría una segunda oportunidad, no podía fallar a los bondadosos ancianos que me habían guardado; habían sido como un oasis en este desierto triste y desolado.

El recuerdo de mis amigos y sus males me llenaban de aflicción, pero a la vez, me daban fuerzas para caminar, con rapidez y valentía. Sabía que enfrentaría la maldad y ésta podría tener mil rostros pero, debía destruirla con el favor del Hacedor del Universo o yo sería destruido, igual que mis amigos. La ira se apoderaba de mí al revivir todas las tribulaciones que mis amigos padecían. ¡No era justo lo que les sucedía! Seguí caminando, y en el trayecto vi una roca que sobresalía en aquellas planicies de arena; me acerqué a ella para descansar por un momento. Al acercarme a la piedra, descubrí con asombro que dos hojuelas estaban allí. Tomé una para recuperar las energías, y la otra, la guardé en la alforja. Sonreí con nostalgia; este pan agradable y suave me hacía recordar la bondad de mis amigos y la misericordia del Hacedor de la Vida, como le llamaban los ancianos.

Comí, dando gracias a los cielos y suplicando una respuesta a las inquietudes que me asaltaban, sobretodo, la manera como debía actuar para conseguir las semillas. Aún desconocía mi destino, aunque la serenidad invadía mi corazón, -debe ser la hojuela- pensé. Una sensación de compañía me envolvió, como si los buenos ancianos estuvieran conmigo compartiendo aquel pan. Di gracias de nuevo, con la mirada elevada al cielo. Una brisa fresca rozó mi rostro como una señal de respuesta a mi acto; sentía la fortaleza de mis amigos como un cálido abrazo.

Mis manos tocaron la alforja que me había dado Bezaleel y volví a la realidad; observé su contenido y me pregunté: ¿Para qué me servirán estos objetos?; incienso, bálsamo, una cuchilla brillante sin filo y el pequeño escudo, ¿Cómo sabré su utilidad?- me volví a preguntar, recordando las palabras del varón de Cus que me había advertido: *"Esto es lo único que queda de nuestra riqueza, tómalo y usa su contenido cuando percibas una señal en tu corazón; si percibes dentro de ti que la indecisión te acompaña, eleva tu mirada a los cielos y allí encontrarás la luz del entendimiento".*

Entendí que, en su momento sabría como usar el contenido de la alforja. Estaba seguro que de allá arriba recibiría la luz del entendimiento. Mis manos acariciaron la hojuela guardada dentro de la alforja, mientras mis recuerdos me llevaban a la cueva donde los ancianos yacían enfermos. Entonces, me levanté decidido a emprender mi camino hacia la primera batalla en la tierra de Havilá, donde la duda parecía ser el peor enemigo.

V

LA BATALLA CONTRA LA DUDA

C aminé un largo trayecto hasta que, frente a mí, pude ver la montaña más alta del encinar de Mamre. Inicié el ascenso con dificultad para llegar a la cumbre. Desde la cima, observé de nuevo la tierra de Havilá; era una ciudad inmensa, el gran río Fisón la bordeaba. Sentía una opresión en el pecho, testigo mudo de mi aflicción. Recordé al anciano Leví y el desconsuelo que había sufrido cuando volvió a ver aquella tierra que había sido su hogar, recuerdos que me daban fuerzas para continuar, aunque no sabía lo que me esperaba.

Decidido a conseguir la semilla de mostaza, empecé el descenso en dirección a la ciudad.

Tenía que atravesar el río Fisón y evadir a los monstruos que nadaban dentro del fangoso caudal; luego, atravesar la ciudad para llegar a la llanura donde encontraría la semilla de mostaza. El maligno Hades tenía un ejército que protegía la ciudad, dispuesto a matar a cualquier intruso que osara entrar a Havilá sin su consentimiento.

Al acercarme al río Fisón sentí la pesadumbre en el ambiente; parecía tranquilo, pero una tristeza sin fin imperaba en el lugar. Escuché los gruñidos de los monstruos; sentían mi presencia pero, no podían verme. Me detuve a una distancia prudente y los observé; eran horrorosos, no tenían forma humana y poseían innumerables ojos sobre una cabeza muy pequeña en proporción con el tamaño de sus deformes cuerpos. Tenían tantos ojos que, parecían cabellos cubriendo su diminuta cabeza. En esos ojos podía verse pequeños surcos donde corrían lágrimas que se mezclaban con el agua pantanosa del río; era el llanto de la tristeza eterna.

Se movían constantemente de manera circular, observando el entorno desde todos los ángulos. A pesar de su descomunal cuerpo eran criaturas inquietas, enfermas de zozobra e intranquilidad; chocaban unas contra otras gruñendo sin cesar. Me di cuenta que el miedo era parte de su naturaleza. Se encontraban atrapadas en aquel fango, pero no se sentían seguras en ninguna parte. No dormían porque la intranquilidad no se los permitía; por eso, lloraban eternamente.

Cuando aumentaba la fuerza de sus gruñidos y se agitaba su respiración, su pecho convulsionaba; parecía ser la señal de su total inseguridad. Entonces, chocaban unas contra otras, elevando el tono de sus gruñidos; se estremecían y emergían del lodo para amedrentar con su tamaño y monstruosa apariencia a quien osara acercarse.

-Esa es su arma: asustar, porque estas criaturas siempre lo están- pensé, observando sus movimientos. Comprendí que el miedo, la zozobra y la angustia los mantenía atrapados en la duda de su propia existencia. La duda no deja pensar con claridad y conduce a tomar decisiones equivocadas por el mismo miedo e inseguridad.

Los monstruos del pantano tenían un miedo eterno; no confiaban ni siquiera en los seres de su misma especie, por eso lloraban temiendo ser atacados y lastimados.

De pronto, un fuerte gruñido me alertó; aquellos monstruos me habían visto. Enfurecidos y nerviosos enseñaban sus horrorosos cuerpos en señal de ataque; me asusté, eran muchos, aterrorizaban a cualquier mortal con su descomunal apariencia.

-¿Qué debo hacer?- me pregunté, mientras los gruñidos ensordecedores provocaban mi desesperación. Debía actuar con rapidez. Los gruñidos alertarían a Hades y a sus cómplices agravando mi situación, y en consecuencia, la de mis amados ancianos.

Percibí que el temblor en el cuerpo de los monstruos era tal, que el miedo y la tristeza se evidenciaban en su plenitud; y sentí miedo, igual que ellos. Me vinieron a la mente las palabras del anciano Aholiab que una vez me dijo: *"No tendrás temor de pavor repentino ni de la ruina de los impíos cuando viniere, porque tu Creador será tu confianza y Él preservará tu pie de quedar preso"*. Había llegado el momento de actuar. Miré a los cielos y decidí enfrentar el miedo y la zozobra de aquellas criaturas, con fe y valentía. Corrí en dirección al río; un impulso repentino me hizo saltar hacia las aguas pantanosas y atravesar el río caminando sobre las cabezas de aquellos monstruos. Gruñían de espanto y levantaban sus cuerpos por encima de las espesas aguas, lo que ayudaba a impulsarme con mayor agilidad. Entre más se movían, más rápido corría, sobre sus horrorosos, pero inofensivos cuerpos.

Al pasar por encima de aquellas criaturas, sus cuerpos se hundieron en el pantano maloliente, dejando de gruñir; mi decisión de caminar sobre ellos los había intimidado. Entendí en ese momento aquellas palabras del anciano Aholiab: *"Por el miedo vemos y sentimos monstruos que, en realidad son falsas apariencias producidas por nuestra falta de fe en nosotros mismos y en Aquel que representa la Verdad de la Vida"*.

¡Había vencido el primer obstáculo!

Al cruzar el río Fisón reinaba el silencio, y los gruñidos de aquellas bestias habían desaparecido entre las aguas pantanosas. Me sentí fuerte y confiado; experimenté una alegría especial que nunca había sentido. De repente, pude ver con asombro que de las profundidades del río emergía un torrente de agua cristalina que moviéndose de manera circular formaba pequeños remolinos, tragándose a los monstruos que se hundían en las nuevas aguas. Estaba emocionado viendo al gran Fisón rebosante de agua limpia, que iniciaba su recorrido hacia una nueva desembocadura.

Elevé una mirada a los cielos y sonreí. Sentí confianza porque percibí la presencia de Leví, el guardián de aquellas tierras. Su recuerdo me llenó de esperanza en la búsqueda de la semilla de mostaza.

Caminé hacia la llanura, estaba oscuro y una llovizna pertinaz enfriaba el lugar; debía cruzar la ciudad para llegar al campo donde encontraría la semilla. Mi presencia se advirtió y los cómplices de Hades, se pusieron en alerta. Debía apresurarme a buscar la semilla de mostaza, sin ella en mis manos nada habría logrado.

—Primero, encontraré la salvación de mi amigo Leví y luego enfrentaré la maldad de este lugar- pensé, adentrándome sigilosamente en la ciudad.

Recorrí cauteloso aquella ciudad oscura, de callejuelas sucias y malolientes; los cómplices de Hades buscaban al intruso pero, no me veían. Eran muchos, oprimían el ambiente. Sin embargo, estaba decidido a lograr mi cometido, no permitiría caer en la inseguridad ni en el miedo que estas huestes provocaban.

Por fin, encontré la salida de la ciudad y una gran extensión de tierra seca se presentó ante mi vista. Estaba en el lugar donde alguna vez fuera una llanura fértil. Me arrastré para alejarme del ejército de la maldad que afanosamente seguía mis pasos. Traté de no hacer ruido; el lugar era tan grande como el desierto de Mamre. Por momentos, el miedo y la desesperación me dominaban pero, una fuerza interior me impelía a encontrar la semilla de mostaza.

Estaba exhausto, las piernas y el pecho me dolían por el roce contra la dura superficie. Mis manos se esforzaban por encontrar la semilla en aquella oscuridad, mientras mis oídos estaban alertas, esperando que los invasores no me persiguieran. Estuve en esa postura un tiempo que me pareció eterno, pero la promesa ofrecida a mis amigos renovaba mis fuerzas.

De pronto, mi mano derecha rozó un pequeño arbusto que apenas surgía del suelo; fue la primera vez que apreciaba una planta viva desde que desperté en esta nación. Tímidamente, el raquítico arbusto se mantenía firme en la inmensa extensión de tierra. Lo acaricié emocionado, y sentí en una de sus débiles ramas un diminuto bulto que sería mi mayor tesoro: una semilla limpia y joven que representaba la esperanza.

Tomé la semilla de mostaza entre mis manos y todavía me quedé tendido en el suelo, incrédulo, por lo que había encontrado. Guardé la semilla en la pequeña alforja, cuando escuché el sonido de pasos presurosos que venían de la ciudad, ¡Había sido descubierto!

Las huestes de Hades cercaron el lugar, grandes antorchas iluminaban los rostros de maldad de aquellos seres. Me levanté, los malignos corrían endemoniados hacia mí. –Tengo que llegar al río para depositar la semilla en sus aguas y mi amigo Leví recuperará la salud- pensé, mientras los invasores me acorralaban, hostiles e irreverentes. De repente, los malvados aminoraron el paso premeditadamente; sus rostros dibujaron una sonrisa burlona al observar que a mis espaldas surgía una gigante silueta que trataba de envolverme.

Era Hades que se presentaba asustándome con su ira y su blasfemia. La apariencia del invasor me espantó y sentí miedo. Los atacantes eran muchos pero, Hades era suficiente para amedrentarme. Escondí la alforja que contenía la semilla de mostaza bajo mi túnica; era, en ese momento, lo más preciado.

El malvado gritaba desaforadamente para que el miedo me dominara.

En ese momento, recordé lo dicho por Bezaleel, palabras que venían a mi memoria como un mensaje de los cielos: *"El miedo nos acompaña siempre; es como una sombra de nuestro ser que persigue nuestros pasos hasta que decidimos enfrentarlo con la fe y la oración. La oración con fe se eleva a los cielos llevándose consigo nuestras aflicciones".*

Comprendí que podría alcanzar la victoria si alejaba mis temores como el humo que se dispersa en las alturas. Volví a ver a Hades y me postré de rodillas, haciéndole creer que su maldad me había dominado; extraje de la alforja el incienso marrón, me levanté sorpresivamente y lo lancé sobre las antorchas encendidas, mientras musitaba una oración.

El fuego se apagó al contacto con el incienso, produciendo enormes nubes de humo que nos rodearon. Era un humo blanco que se elevó al cielo como la oración fervorosa que mis labios expresaron. El ambiente se impregnó de un olor fresco y agradable, mientras el humo abrazaba a los malvados y al maligno Hades; los elevó hacia el firmamento y allí desaparecieron para siempre.

Aquel incienso había destruido la maldad, todo había pasado. En el cielo, una pequeña, pero, brillante luz, me indicó que mi oración había sido escuchada.

La ciudad se encontraba iluminada pero, esa luz no provenía de antorchas encendidas, era la luz de la fe manifestada.

Regresé al río Fisón, la calma invadía el lugar; aquella luz de los cielos iluminaba las aguas cristalinas del río que corrían tranquilas hacia su nuevo destino.

Entonces, abrí la alforja, tomé la semilla de mostaza y me lancé a las aguas del río para limpiar la tristeza y la maldad que me habían rodeado. El agua tibia y cristalina purificó mi cuerpo de todos mis temores. ¡La paz me envolvió!

La fortaleza de la fe renovó mis fuerzas para enfrentar la maldad que, también dominaba la tierra de Cus.

VI

LA BATALLA CONTRA LA NECEDAD

La tierra de Cus era mi próximo destino; conocer el hogar de Bezaleel me llenaba de inquietud. Sabía que el malvado Fatuo era poderoso; sus cómplices deformes y mutilados siempre estaban dispuestos a protegerlo de cualquier intruso que se atreviera a entrar a sus dominios. Sin embargo, debía encontrar la semilla de culantro para liberar al anciano Bezaleel de todos sus males. Caminé hacia el sur buscando la hondonada, el punto de referencia que me indicaría el camino a aquella tierra sumida en la arbitrariedad.

-¿Cómo era posible que en la tierra donde se cultivaban los conocimientos de la ciencia y de la vida, sus habitantes fueran dominados por el malvado Fatuo, a pesar de su inteligencia?- me pregunté, mientras caminaba presuroso, hacia la hondonada.

-¿Cómo el egoísmo y la soberbia vencieron a la inteligencia si esta virtud nos hace diferentes a los demás seres vivientes y evidencia nuestra superioridad?-. Pero, -¿Por qué Bezaleel había huido de la tierra de Cus siendo un ser inteligente y virtuoso?, ¿Por qué había sentido temor?-.

Traté de explicarme lo que había sucedido en Cus y mi mente no podía imaginar las razones que habían permitido el dominio de la maldad en ese territorio.

Caminé hacia la tierra de Bezaleel ignorando lo que me esperaba pero, estaba seguro que la batalla para salvar a mi amigo sería diferente a la de Havilá; presentí que mi paciencia se pondría a prueba.

Fatuo era un ser soberbio que había sembrado la intolerancia y la injusticia en Cus. Sus conocimientos los usaba para el mal; la mezquindad era su fuerza. Era hábil e inteligente, tenía la capacidad de dominar a toda criatura débil de espíritu incitándola a la alianza con el mal.

Su gran habilidad era la demostración fehaciente de que todo fenómeno se puede comprobar; Lo que no podía explicar, lo descartaba con la fuerza de la arbitrariedad y la soberbia. Su capacidad de convencer, su regocijo por creer que poseía el conocimiento absoluto, era realmente ofensivo. De esta manera, Fatuo había dominado aquellas tierras; había robado el discernimiento al dueño de ese territorio y la voluntad a los demás.

Un fuerte olor a azufre llegó a mis sentidos; la hondonada se veía próxima al sitio donde me encontraba. Había llegado a Cus. Mi corazón palpitaba aceleradamente; no sabía lo que me esperaba en la tierra de Bezaleel. Sin embargo, mi propósito era más grande que el temor a lo desconocido.

Llegué a la hondonada, el olor a azufre se intensificó y desde ahí pude ver el gran río Gihón envuelto en llamas incandescentes por la lava que corría lentamente en su extenso caudal. El rojo intenso de sus aguas indicaba un calor infernal que amenazaba con derretir mi voluntad.

Llegué a la hondonada y al acercarme a la orilla del río por un costado, pude ver un pequeño puente de piedra que unía ambas orillas. Del otro lado, un grupo de deformes seres apostados al final del puente, aguardaban mi entrada a la ciudad.

Llegué a la entrada del puente y decidí atravesarlo. Sabía que las huestes de Fatuo me aprehenderían del otro lado pero, mi corazón lleno de compasión por Bezaleel me daba las fuerzas para seguir buscando la semilla de culantro para su salvación. –Debo hablar con Fatuo y demostrarle que no quiero nada de él- pensé. Mis piernas temblaban de miedo por la aflicción; ya no sentía el calor de las aguas y el olor del azufre que emanaba, mareaba mis sentidos.

Los guardias se prepararon con sus armas y me esperaron del otro lado; eran muchos, pero noté su escasa inteligencia. Caminé despacio sobre el puente; la impaciencia de los hombres se reflejaba en sus movimientos confusos, no habían recibido a ningún forastero después de la llegada de Fatuo y no sabían qué hacer.

Entendí que mis pasos pacientes y mi corazón humilde podrían superar sus armas y su fealdad; debía hacerles creer que ellos eran más fuertes que yo. -El necio se siente seguro cuando cree dominar la situación; baja la guardia y cree tener todo bajo control; el necio nunca ve más allá de su propia soberbia- pensé, mientras me dirigía al final del puente.

Pensé en Bezaleel, que siempre se dejaba guiar por la prudencia y la humildad. Al llegar frente a los malvados, me detuve y postrándome en el suelo les hice creer que dominaban la situación, aunque percibí que estaban nerviosos e inseguros.

Uno de los seres más grandes, que parecía el líder del grupo se sonrió al verme arrodillado ante él y su vanidad lo hizo sentirse superior. Levantó su pie, lo puso sobre mi espalda y burlándose de mi condición me preguntó: -¿Qué buscas en el reino del gran Fatuo?-

No podía moverme por el peso de su cuerpo en mi espalda; con voz temblorosa contesté: -Deseo ver a tu señor, he oído de su inteligencia y requiero de él un favor-.

Al escuchar mis palabras el jefe de los guardias retiró su pie de mi cuerpo, ordenando a los demás que guardasen sus armas; me ordenó que me pusiera de pie; ¡Había mordido el anzuelo!

Obedecí la orden y me levanté; al estar frente a aquel hombre pude ver su rostro desfigurado por el calor que emanaban las aguas del incandescente río y sentí pena por él. Su rostro deforme reflejaba las marcas del dolor eterno. El miedo se alejó de mí y en su lugar la compasión inundó mi corazón. Mis ojos observaron con tristeza la necedad de aquellos hombres y el daño que sufrieron al dejarse acompañar por la soberbia y la maldad; por permitir que el egoísmo y la vanidad los dominara. Sentí su sufrimiento y sostuve la mirada en su rostro. El guardia no soportó mi compasiva mirada y alejándose unos pasos me dijo: -Mi señor no hace favores a nadie-. Su mirada despectiva me confirmó la rabia que expresaban sus palabras.

Bajando la cabeza le respondí: -Llévame ante tu señor y él te lo agradecerá porque vengo a mostrarle el camino a otras tierras donde la riqueza es inmensa y te aseguro, que tu lealtad será recompensada-.

El brillo de su vanidad se reflejó en sus ojos al escuchar mi propuesta. Su ambición lo hizo caer de nuevo en la red de mis palabras.

Sin hablar más, el líder del grupo me empujó en dirección a la gran ciudad de Cus; obedecí los gestos del guardia y caminé con humildad y valentía porque presentí que pronto estaría frente al más soberbio de los soberbios, el maligno Fatuo. Sin embargo, mi razonamiento y el amor por mis viejos amigos me impulsó a arriesgar mi integridad; al fin de cuentas, ¿Qué perdía?, si estaba solo en esta nación. Lo más valioso era la amistad desinteresada de los ancianos, sin ellos la vida parecía no tener sentido; sin ellos, no sabría llegar a mi destino.

A empujones me llevaron hasta una inmensa edificación de piedra; dos grandes torres se elevaban como fieras guardianas. Nos detuvimos frente a la enorme puerta, no se escuchaba nada.

El líder del grupo se acercó y la golpeó con una gruesa argolla que pendía de ella.

En el instante se abrió la puerta y el sirviente de Fatuo me empujó nervioso, retirándose de inmediato. Sentí miedo, pues no sabía lo que me esperaba, solamente presentí que la batalla contra el mal se iniciaba en cualquier momento.

Caminé por el lugar, era un gran salón con muy poca luz; las cuatro paredes que bordeaban el recinto estaban forradas desde el piso hasta el techo de libros apiñados en desorden. Me impresionó ver la cantidad de manuscritos, libros y toda clase de documentos que cubrían las paredes del salón.

Pasmado, pude observar la inmensidad del conocimiento; tantos libros, tantas teorías, tantas verdades ocultas en las páginas de los manuscritos; tantos pensamientos humanos desbordados en las miles de hojas escritas en diferentes idiomas.

-¿Para qué tanto conocimiento?, si parece utilizarse para la mezquindad del hombre. Los descubrimientos de la tierra y sus adelantos en manos de la soberbia, solo pueden traer destrucción y muerte- pensé.

Una ráfaga de viento frío inundó el salón y volví a la realidad. La luz se disipó, dejando en tinieblas el ambiente. De pronto, sentí la presencia de la maldad.

-¿Qué buscas en mi reino, forastero?- se escuchó una voz que me preguntaba, dentro del oscuro salón. No podía ver, pero supe que el malvado Fatuo estaba cerca de mí. Traté de buscarlo en las tinieblas pero no vi nada, solamente escuché su respiración jadeante y cansada.

-Deseo que me permitas tomar una semilla de culantro que se encuentra en tus dominios para salvar la vida a un amigo- respondí buscando su figura en la oscura habitación.

-¿Y por qué debe importarme la salud de tu amigo?, ¿De dónde eres?- me preguntó, apareciéndose frente a mí, derrochando soberbia por todo el salón.

No tenía respuesta a sus preguntas porque no recordaba nada; no sabía quien era, ni recordaba mi origen, y por qué el malvado debía ser compasivo con mi buen amigo.

-No sé de dónde vengo, mi memoria ha perdido la respuesta, pero te pido compasión por mi amigo que me ha ayudado a sobrevivir en el olvido de mi origen- le respondí, deseando que mis palabras y mi presencia demostraran que mi solicitud no perjudicaba sus intereses, y que una simple semilla no arrebataría de sus manos la riqueza que poseía.

-¡Ignorante, no sabes de donde has venido y quieres que yo te ayude! dijo, burlándose de mis palabras. Una tenue luz dejó entrever su figura; era un ser diminuto con una cabeza muy grande; pequeños bultos sobresalían de su cuero cabelludo. Me impresioné al ver su deforme cabeza llena de protuberancias que aumentaban su tamaño; en cada bulto parecía guardar todo el conocimiento de la vida. Sin embargo, esas deformaciones estaban separadas por gruesas venas que se inflamaban por la presión que ejercía tanta actividad racional. Lo observé con detenimiento, su cabeza giraba mostrando la diversidad de sus rostros, tenía muchos y cada uno era más horrible que el otro. Terminaba su figura con un cuerpo regordete y con dos deformes piernas que acentuaban su fea silueta. Aún, siendo tan pequeño, imponía su monstruosa presencia y sus bocas parecían ágiles para humillar a cualquiera.

-Todo lo que hay en esta tierra me pertenece, hasta el más pequeño de los granos, y no estoy dispuesto a regalarte nada- sentenció, girando su cabeza hacia todos lados.

-Simplemente, eres nada- dijo.

Fatuo tenía la gran habilidad de subestimar a cualquiera; parecía que ello, según él, lo hacía fuerte e indestructible.

Saqué fuerza de la insignificancia en la que me encontraba y le respondí suavemente: -Si eres tan poderoso y posees todo el conocimiento de la tierra, ¿En qué te afecta regalarme una minúscula semilla de culantro?-.

-¡En nada, grandísimo idiota!, simplemente no me da la gana entregártela sin recibir nada a cambio- me respondió, con burla.

El silencio dominó por un momento, no sabía qué responderle. Sentí que el malvado Fatuo me tenía bajo su dominio, pero, se desesperaba con facilidad; -Si la impaciencia lo invade, mi integridad estará en riesgo- pensé.

Debía actuar rápidamente para obtener la cura de mi amigo Bezaleel; pero... ¿Cómo?, nada tenía que ofrecer a cambio de la semilla y de mi libertad.

Entonces, elevé mis ojos al cielo para encontrar la luz del entendimiento; tenía la certeza que del Cielo provenía el discernimiento que necesitaba en aquel momento. En efecto, mis pensamientos se iluminaron con una idea temeraria que podría seducir al maligno en su propia soberbia y vanidad.

Me acerqué a él y viéndolo directamente a su deforme cabeza dije: -Te crees el gran señor del conocimiento, el que todo lo sabe, y me consideras un hombre insignificante y sin talento alguno; pero estoy dispuesto a poner a prueba mi conocimiento contra el tuyo, frente a tus servidores. La posibilidad de salir victorioso es remota ante tu grandeza e inteligencia, pero si eso sucede, me entregarás la semilla de culantro. Por el contrario, si tú ganas, te entrego mi vida y mi voluntad para que hagas de ellas: el trofeo de tu victoria-.

Fatuo con una mirada indolente y una sonrisa burlona se acercó a mí y soltó una carcajada infernal. -¿Te atreves a desafiar mi inteligencia?, ¡pobre iluso!- dijo, mientras su risa rugía por todo el salón.

Mis sentimientos habían sido heridos. Sentí que la ira se apoderaba de mí, pero, un sentido de prudencia en mi interior me hizo resistir la humillación.

Fatuo detuvo su risa burlona y calló por un momento; yo también callé, asustado por mi atrevimiento.

El débil sonido de una campanilla se escuchó y luego el rechinar de la gran puerta al abrirse. El guardia que me había recibido en el puente de piedra entró, atravesó el salón y postrándose ante Fatuo lo saludó con reverencia, -¿En que puedo servirte mi gran señor?- preguntó, inclinando su cabeza servil ante su amo.

-Convoca a todos mis sirvientes a la orilla del río pues verán mi grandeza y el atrevimiento de este tonto forastero que ha venido a desafiar mi poder por una insignificante semilla de culantro. Ese grano nunca llegará a las manos de este hombre; por el contrario, su vida quedará en las mías- sentenció el malvado Fatuo, soltando de nuevo aquella horrible carcajada, mientras desaparecía del oscuro recinto.

El guardia se levantó apresurado y sin mediar palabra se retiró del salón a cumplir con la instrucción de su amo. A pesar de todo, mi corazón se llenaba de esperanza; estaba en peligro pero, aún tenía vida y confiaba obtener la deseada semilla.

El silencio invadió por un momento la habitación. De pronto, se escucharon pasos presurosos que se acercaban a mí; varios sirvientes deformes me aprehendieron y me llevaron cerca del incandescente río, que humeaba rabioso por el calor de sus aguas.

Los sirvientes de Fatuo cerca del embravecido caudal se postraban en el suelo esperando la llegada de su señor, quien apareció sentado en un trono cargado en hombros por sus esclavos. Lo acercaron a la orilla del río, llevaba consigo la semilla de culantro. Los sirvientes lo bajaron de sus hombros y se postraron ante él, mientras los guardias que me retenían recibieron la señal altiva del maligno para que me soltasen.

Fatuo se levantó de su trono y dirigiéndose a todos, habló: -Este infeliz forastero ha venido a mi reino a desafiar mi conocimiento absoluto; en mi grandeza he aceptado el reto de probar mi inteligencia ante la de él para que todos recuerden quien es el Amo y Señor- dijo, mientras giraba su deforme cabeza hacia mí. Me miró con desdén y continuó: -Insignificante criatura, vienes acá por una pequeña semilla y tu atrevimiento significará tu muerte. Por mi grandeza, te daré la oportunidad que me hagas una sola pregunta de lo que desees saber; si te respondo con certeza, mis sirvientes entregarán tu vida a Gihón, el gran río-. Tomó la semilla de culantro en sus manos y la acercó a mis ojos diciendo: -Mírala porque nunca la tocarás- sentenció con una sonrisa infame que se dibujó en todos sus rostros. Luego, se sentó de nuevo en su trono y colocó la semilla en uno de los brazos de aquel sillón que representaba la supremacía en la tierra de Cus.

Me postré en el suelo, estaba muy asustado. Sabía que no podía fallar en el desafío que yo mismo había provocado. Mis pensamientos revoloteaban sin rumbo, sin saber que debía preguntar al malvado Fatuo y ganarle la contienda. Forcé mi memoria a recordar algún conocimiento pero nada se me ocurría; la inseguridad de mi origen atacaba mis confusas ideas. Mi cuerpo empezó a temblar por la desesperación de mi olvido, pero, el rostro amable del anciano Bezaleel vino a mi memoria, aquel amigo que se encontraba amenazado por la muerte en la cueva junto a sus queridos hermanos.

La imagen iluminada de su rostro me hizo recordar sus palabras: "*Si percibes dentro de ti que la indecisión te acompaña, eleva tu mirada a los cielos y allí encontrarás la luz del entendimiento"*. Entonces, mirando al cielo abrí la alforja, extraje la hojuela que había recogido en la roca y me acerqué a Fatuo; le mostré aquel pan y pregunté: -Tú que lo sabes todo, dime: ¿De qué está hecho?-

Fatuo lo tomó en sus manos y con una risa burlona me vio con altivez y respondió: -Tonto, esto es pan-, e hizo una señal de triunfo a sus guardias que esperaban la orden del malvado para lanzarme al río.

Tomé fuerzas de la serenidad y me atreví a cuestionarle su respuesta:-Señor, yo no pregunté "qué es", sino pregunté "de qué está hecho"- dije, alejándome del trono.

Un silencio aterrador inundó el ambiente. Mis palabras enfurecieron al invasor, y hasta los sirvientes se asustaron de mi osadía. Sentí el odio en la mirada de Fatuo por mi cuestionamiento. Luego advertí que partió la hojuela por la mitad, la probó, la olió, sintió su textura, pero el nombre de los ingredientes de que estaba hecho aquel pan no salían de su abultada cabeza, que se inflamaba espantosamente para responder con certeza a la simple pregunta.

La ira empezó a apoderarse del maligno Fatuo que no encontraba respuesta a la conformación de la hojuela. Titubeando, empezó a decir: -¿Maíz?, ¿Sémola?, ¿Trigo?- inseguro de los ingredientes del pan. Los bultos que agrandaban su cabeza palpitaban a punto de explotar como señal de su ignorancia.

Seguro de haber logrado el triunfo, de nuevo cuestioné su respuesta: -No señor; ninguna de las respuestas que has dado es la correcta. Creo que debes entregarme la semilla y prometo alejarme de esta tierra- dije con firmeza.

El avergonzado Fatuo, conocedor de su derrota, pero envuelto en la soberbia de un perdedor, se levantó de su trono y arremetió furioso contra mis palabras, cuestionándolas para demostrar a sus sirvientes que yo estaba equivocado. Con la soberbia que lo caracterizaba volvió a hablar: -Idiota, sabiondo, entonces, ¿De qué está hecho este pan?-

Volví a ver el firmamento y respondí: -Está hecho de Misericordia; es bendición y no se cosecha, se recoge al despertar y nos es enviada de arriba donde mora el gran Hacedor de todo lo que vemos y lo que nuestros ojos no contemplan. En su infinito amor siempre nos prodiga su compasión y bondad- dije, recordando aquellas palabras de los ancianos cuando me obsequiaron por primera vez, uno de los panes benditos.

La rabia y la soberbia aumentaron con mis palabras y Fatuo, descontrolado, se retorció de rabia frente a sus sirvientes que se veían entre sí, perplejos por mi respuesta.

El maligno sintiendo su derrota se levantó abruptamente de su trono, tomó con furia la semilla de culantro y la lanzó hacia las aguas incandescentes del río, sin entender que ese era el propósito de mi viaje.

Emocionado al ver que la semilla de culantro caía entre las aguas del río, corrí hacia el puente de piedra y me alejé de la furia de Fatuo; que en su necedad, ordenó con voz potente a sus guardias para que me atacasen.

Los guardias aún no entendían la derrota de su amo y se acercaron al río tomando entre sus manos el fuego de las aguas. A pesar del intenso dolor que sintieron, me lanzaron bolas de fuego que silbaban al pasar por mis costados. Me tiré al suelo, los atacantes eran muchos y las piedras incandescentes formaban una lluvia de lava que ponía en peligro mi vida.

Recordé entonces, la alforja y su contenido.

La abrí desesperado y extraje aquel pequeño escudo y protegí mi rostro. Las bolas de fuego rebotaron en el escudo, regresando increíblemente sobre aquellos que las lanzaban; los destruía con sus llamas.

El malvado Fatuo veía con incredulidad lo que sucedía, pero la necedad de obtener la victoria a toda costa, le hizo tomar con sus propias manos el fuego del río, y formando una gran piedra incandescente, la lanzó sobre mi cuerpo.

En ese momento, logré levantar sobre mí el pequeño escudo que detuvo la piedra incandescente, la que rebotó directamente sobre la deforme cabeza del malvado, dejándolo ciego y aturdido. Al sentir el intenso calor, se cubrió sus rostros con las manos sin percatarse que estaba muy cerca de la orilla del río. Trastabilló perdiendo el equilibrio, y cayó sobre las aguas del Gihón, muriendo en el acto.

Un estruendo se escuchó en los cielos. Los sirvientes que aún vivían elevaron su mirada atónita al firmamento al escuchar el retumbo. Una fuerte lluvia cayó sobre el territorio de Cus.

El aguacero era tan intenso que apagó la incandescencia del río; cada gota que derramó el cielo bañó el rostro de aquellos seres deformes, y su piel al igual que sus cuerpos, se sanaron milagrosamente.

Los ojos de aquellos hombres veían como los míos, la bondad del Creador que los purificaba con la lluvia, los limpiaba de la ignorancia y los liberaba del fuego eterno. Lloraron de arrepentimiento y a la vez, agradecieron la compasión recibida, que después de tanta maldad, parecía inmerecida.

Entonces, me alejé de esta tierra, también agradecido, y dispuesto a enfrentar la siguiente batalla.

VII

LA BATALLA CONTRA LA ENFERMEDAD

Camino al oriente busqué la tierra de Asiria donde el anciano Aser había entregado lo mejor de él para guardarla. Mis pensamientos afligidos por la ceguera del buen anciano apresuraban mi marcha para enfrentar la maldad que dominaba su hogar. Encontrar la semilla de la vid, ahora se convertía en mi principal objetivo.

Consciente de los peligros que me acecharían en la tierra del varón Aser aceleraba el encuentro con el malvado Balac. Busqué en el horizonte los peñascos, que me indicarían la cercanía a la gran Asiria; -¿Cómo estará Aser?- me pregunté, apresurando la marcha.

Debía conseguir la semilla de la vid y echarla sobre las aguas del río Hidekel para que mi amigo recuperara la visión perdida.

Balac era un ser violento y perverso que se había adueñado de la riqueza de Asiria y había logrado acrecentar su poder. Los nutrientes fantásticos que colmaban de belleza y fuerza a todos sus habitantes fueron extraídos de la tierra para satisfacer los intereses mezquinos del invasor. Balac había provocado una enfermedad perenne y dolorosa en aquella tierra.

La ambición, la mentira, la corrupción y la violencia dominaban el territorio de Asiria; todos sus habitantes se encontraban enfermos debido a la pestilencia que emanaba de las aguas del caudaloso río.

Había logrado enfrentar dos batallas y salí airoso; aún faltaban dos territorios, en los cuales no sabía lo que me esperaba, pero sentía la necesidad imperiosa de salvar a mis queridos amigos, que al recuperar la salud, serían mis guías para encontrar el camino a la nación ubicada al otro lado de la frontera; y quizás allí, encontraría mi hogar, y recuperaría mis recuerdos y mi vida.

Sin embargo, el recuerdo del cariño sereno de los ancianos eliminaba toda sensación de soledad. La memoria aún me traicionaba, pero mis fuerzas estaban dispuestas a soportar las vicisitudes que encontraría en la gran Asiria; nuevamente estaría cerca de la maldad, pero el amor por aquellos ancianos me fortalecía para enfrentar lo que aconteciera. Salir victorioso era mi objetivo y ayudarlos a recuperar su hogar: mi anhelado deseo.

Caminaba presuroso recordando los rostros de aquellos viejos que me habían enseñado su grandeza de corazón; sin conocerme, sin saber quien era, ni a donde iba, me entregaron todo lo que tenían: una túnica, una alforja y un bendito pedazo de pan. -Soy culpable por su enfermedad; por ayudarme, están en una oscura cueva padeciendo muchos males- pensé.

Las emociones me embargaron, se confundían entre la tristeza de la situación y la esperanza de verlos sanos, serenos y dispuestos a seguir su destino y el mío.

Debía lograr la victoria, por ellos, por mí, por una vida diferente, no sumida en la ambición, en la soberbia y en la enfermedad; debía ser alegre, sencilla y rebosante de salud, como fuera en el principio, cuando los ancianos guardaban los territorios que conformaban esta nación. Por ello, tenía que vencer a la maldad en agradecimiento a ellos, porque me habían encontrado desnudo, sin memoria, sin destino, en medio del desierto, ayudándome sin esperar nada a cambio.

Mis ojos se llenaron de lágrimas por los recuerdos, eran lágrimas de nostalgia por mis amigos, por las emociones y el amor verdadero que les profesaba.

Seguí caminando; oteé de nuevo el horizonte en busca de los peñascos que me indicarían la cercanía con la gran Asiria. Después de un montículo de arena, pude divisarlos. Había llegado a la tierra de Aser.

Al descender por aquellas grandes piedras, un olor pestilente envolvió mis sentidos, el río Hidekel estaba muy cerca. Percibí entonces, que para conseguir la semilla de la vid, la próxima batalla se presentaba inevitablemente.

El estiércol cubría el caudal del río; no había puente que me llevara al otro lado de la ciudad de Asiria, pequeña en comparación con las otras ciudades que había conocido, pero grandiosa por la muralla que la rodeaba. Debía atravesar el río Hidekel de aguas putrefactas que tanto daño había causado a los habitantes de esta tierra. -¿Y si me enfermaba también?- me pregunté, mientras caminaba en dirección al río, pensando en la forma de que mi cuerpo no se mezclara con la inmundicia.

De pronto, empecé a temblar. Un sudor extraño empapó mi frente, resultado de una fiebre muy alta que me aquejaba. No había llegado a la orilla del río y ya me sentía enfermo, como si los vientos llevaran consigo la contaminación.

Me asusté por aquel malestar que afectaba mi cuerpo de dolores extraños; el olor de las aguas me provocó náuseas y caí al suelo aturdido. Los dolores eran intensos, no podía controlar el temblor de mi cuerpo convulsionado. Gemía por el insoportable dolor; por momentos temí que los sirvientes de Balac escucharan mis lamentos; si me escuchaban, estaría perdido y mi propósito: fallido.

La fiebre me dominaba y mi cuerpo se debilitaba. No entendía lo que me pasaba; quería razonar serenamente cómo mejorar mi situación, pues en esas condiciones, vencer al malvado Balac era una locura.

Quise controlar los fuertes dolores pero mis gemidos eran cada vez más fuertes y constantes; no entendía, pero el dolor parecía reventar mis entrañas. Pensé en buscar la forma de eliminar esos dolores que me aquejaban.

Nuevamente, mi rostro sudoroso buscó la explicación en los cielos, mientras mis labios rogaban temblorosos, piedad, misericordia... sanidad.

De pronto, mi mente se aclaró como respuesta de los cielos. Con mis manos entumecidas abrí la alforja y extraje de ella, el frasco de bálsamo que guardaba. Al abrirlo, mis sentidos percibieron un aroma fresco, tan intenso que eliminó la hediondez del río. Unté mis dedos con el bálsamo y froté mi rostro; de inmediato regresó la calma a todo mi cuerpo. Los dolores desaparecieron, la fiebre cesó y mis lamentos se convirtieron en susurros de alivio y agradecimiento.

Tomé un poco más del bálsamo y froté mi cuerpo. La serenidad que sentí en mí, me permitía flotar sobre el suelo; extrañamente, mi cuerpo no pesaba. La calma interior que el bálsamo provocó era especial.

Maravillado por este fenómeno, atravesé el río por encima de sus aguas, sin que su inmundicia rozara mi humanidad. Mi mente envuelta en serenos pensamientos, dirigió la travesía por el río para llegar a la otra orilla. La serenidad elevaba mi alma y me aseguraba enfrentar cualquier obstáculo y salir bien librado. Mi cuerpo entonces, se rodeaba de calma.

Observé la muralla que protegía a la ciudad de Asiria, ya del otro lado, porque había cruzado el río sin mayor dificultad. Las paredes de la muralla eran muy altas. La sensación liviana de mi cuerpo aún permanecía. Decidí confiar en el extraño efecto que me producía el bálsamo y con todas mis fuerzas atravesé el paredón que me separaba de la llanura, pues presentía que allí encontraría la semilla de la vid. Estaba convencido que Aser recuperaría su voluntad y alegría.

Pasé por encima de la gran muralla, la serenidad aún me envolvía. Desde arriba observé las planicies, aquellas extensiones estériles que habían sido testigos mudas de la prosperidad de Asiria. Mientras veía la ciudad, escuché los lamentos desgarradores de los habitantes sumidos en el dolor eterno.

Tenía que encontrar la semilla de la vid lo más pronto posible, los gemidos se escuchaban cada vez más fuertes, era posible que los sirvientes presintieran, por lo que Balac iniciaría su ataque en cualquier momento. La presencia perversa del maligno se percibía en el ambiente.

Descendí al terreno, era árido, no había vegetación, el suelo agrietado era el resultado de una sequía sin fin.

Me adentré por la planicie. Cada vez se escuchaban con mayor fuerza los quejidos de rabia y dolor. Caminé por un tiempo sobre aquel suelo agrietado, y divisé una roca. Al acercarme a ella, vi un pequeño arbusto espinoso que se enredaba desafiante entre la piedra. Me acerqué observando detenidamente sus espinosas ramas, y pude ver con asombro que una de ellas protegía con delicadeza una pequeña semilla de Vid. ¡La había encontrado!

De repente, un grito espeluznante a mis espaldas me confirmó que los sirvientes de Balac me habían sorprendido. Tenían la orden de atacarme y eran muchos, olían a pestilencia y enfermedad. Su piel cubierta de llagas secretaban putrefacción e inmundicia. Se rascaban constantemente por la infame comezón, provocando que aquellas heridas se hicieran más dolorosas, condenándolos a vivir en una perenne lamentación.

Cuando gemían por el sufrimiento, la enfermedad se propagaba con mayor violencia. La comezón era tan intensa que se mutilaban las extremidades enfermas tratando de aliviarse; aún así, aumentaba la mortal infección y el dolor se hacía insoportable.

Las condiciones de los habitantes de Asiria eran terribles; su imagen superaba a la de los sirvientes deformes de la tierra de Cus, porque su mal aumentaba con los brebajes que les hacía beber el malvado Balac. Llenos de rabia por las dolencias que no cesaban, atacaban con furia a los que no eran como ellos.

Al entender su sufrimiento el miedo se alejó de mí y en su lugar, la serenidad que reposaba en mi interior me permitió ver a través de los ojos de aquellos seres, la tristeza y el desamor que sentían. Habían sido engañados y actuaban furiosos porque les habían arrebatado su voluntad; no encontraban la paz porque la enfermedad los llenaba de lamentos. Sus gemidos anunciaban el eterno sufrimiento.

Recordé mis propios dolores y la fiebre que también yo había padecido cuando llegué a esta tierra maldecida. Entendí su sufrimiento, no eran seres malignos, la voluntad que les había sido arrebatada, los había enfermado.

Sentí sus dolores; la compasión por aquellos hombres me embargó y su tristeza la hice mía. Entonces, experimenté un sentimiento de amor por aquellos desconocidos. Deseaba consolarlos, abrazarlos y transmitirles la esperanza de recuperar la salud.

Ellos me miraban rabiosos debido al dolor que sentían. Sin embargo, no se atrevían a atacarme, extrañados por la limpieza de mi rostro. Mientras tanto, pensaba que mi salud plena era inmerecida, y un extraño sentimiento de compasión me empujaba a compartir con ellos, el secreto de mi sanación.

Extraje de la alforja el pequeño frasco y tomando un poco de bálsamo entre mis dedos, me elevé nuevamente sobre las cabezas de aquellos hombres que, asombrados miraban mi cuerpo pasar por encima de ellos. Miré al cielo y entendí que en esa tierra no había batalla que librar.

Seguro de que no me harían daño, me acerqué a cada uno, sereno y confiado; toqué su rostro con mis dedos llenos del ungüento bendito y todos cayeron desmayados sin fuerza para atacarme. La calma invadió sus cuerpos. Durmieron profundamente, mientras el bálsamo les restauraba la salud perdida.

En aquella tierra ya no se veía el suelo agrietado, estaba cubierto de cuerpos, reposando en franca mejoría.

De nuevo, observé el frasco, quedaba muy poco del bálsamo, y pensé en guardarlo para curar al mismo Balac, pero el malvado nunca apareció. Había huido cobardemente y para siempre de estas tierras. La compasión y un extraño sentimiento de amor impregnado en el ambiente, vencieron la maldad.

Agradecí al cielo el poder que me había otorgado, me elevé de nuevo y recorrí aquella tierra, ahora sana y con la bendición de volver a ser próspera.

Llegué hasta el gran río, y tomando entre mis manos la semilla de la vid, la arrojé a las aguas junto al pequeño frasco con el bendito bálsamo que aún quedaba. De repente, un aroma intenso envolvió sus aguas, surgiendo de ellas un torrente cristalino que limpió toda la suciedad.

Me alejé de esta tierra sin tocar el suelo. La serenidad dirigió mi vuelo y un sentimiento de amor me embargó y me alentó para enfrentar la última batalla.

VIII

LA BATALLA CONTRA LA POBREZA

Sobrevolaba por el desierto de Mamre; maravillado por mi nueva condición, observaba desde las alturas los territorios de aquella nación. Los ríos rebosantes de agua limpia corrían buscando su desembocadura. Aún faltaba el gran Eúfrates para que todas las aguas de los cuatro ríos brillaran por su limpieza.

En mi vuelo traté de divisar este río que me indicaría la cercanía con la tierra de Elam, el hogar del buen Aholiab, que también sería sanado de la lepra al encontrar la semilla de trigo.

Los hermanos del anciano Aholiab podrían estar curados, pero faltaba obtener la salud plena, y eso ocurriría hasta que el varón de Elam recuperara también su energía.

La tierra de Elam era mi último encuentro con la maldad, la necesidad de ver saludables a mis viejos amigos me obligaba a enfrentar la iniquidad que se había enraizado en esta tierra, fruto de la perversidad y la lujuria del invasor Acab que, con sus hechicerías y deseos inmundos había pervertido al dueño de esos territorios.

Debía llegar hasta la ciudad de Elam, donde la riqueza, la abundancia y la prosperidad se habían encontrado en las aguas del gran río.

Al alejarme de Asiria, sentí el viento que arreciaba, y a medida que avanzaba, aumentaba su fuerza que impedía mi marcha sobre la atmósfera celeste. Decidí descender en el desierto y caminar al encuentro de la tierra de Elam; las fuertes ventiscas indicarían mi llegada al hogar de Aholiab.

Los vientos huracanados se hicieron más fuertes mientras avanzaba; presentí que estaba próximo a encontrar la Ciudad de la Riqueza. Mis emociones se confundían, la preocupación por lo que sucedería en Elam era latente, pero a la vez me reconfortaba la idea de que pronto estaría con mis amigos.

–¿Estarán resguardados en la cueva?- me pregunté, dudando de su condición. Aún faltaba la sanidad de Aholiab y eso me hacía pensar en distintas posibilidades: -¿Estarán sanos sus hermanos, porque así cuidarán de él?, ó talvez, ¿Estarían todos enfermos y la presencia del mal no se iría del todo, hasta arrojar sobre las aguas del Eúfrates la semilla de trigo, y así terminar mi cometido?-. Rogué al cielo por la buena condición de mis fieles amigos.

Apresuré la marcha desafiando al viento huracanado, que dirigía el camino hacia mi destino; entonces recordé las palabras de Aholiab: *"Cuando sientas que el viento arrecia, estás cerca de Elam".*

De pronto, el viento cesó su furia; observé una gran llanura reverdecida. A un lado, una hermosa vereda empedrada se dirigía a la orilla de un río muy ancho; era el más grande que había visto en esta nación. Sus aguas brillaban por los reflejos del sol y flores de hermosos colores adornaban la orilla del empedrado camino.

-¿Me equivoqué de lugar?- pensé maravillado, al ver la majestuosidad del paisaje; -¿Llegaría a la otra nación después de la frontera?-. Mis pensamientos no daban crédito a lo que mis ojos admiraban, era tan agradable el lugar que, mis pies deseaban continuar caminando por aquella vereda de piedras y flores.

-Si ésta no es la tierra de Elam, pediré ayuda; buscaré a algunos voluntarios que me acompañen para encontrar la semilla de trigo y destruir la maldad que ha sembrado Acab en la tierra de Aholiab-, dije para mis adentros. El aroma de la vegetación penetraba en mis sentidos, sentía la frescura en mi cuerpo y asombrado de tanta belleza caminé hacia el río, que discurría en calma por su cauce.

En la orilla, una gran embarcación estaba atracada. La tripulación del barco se formó rigurosamente al verme caminar hacia ellos. Varios hombres elegantemente vestidos, me saludaron con amabilidad; sus cabezas se inclinaron en señal de reverencia. Devolví el saludo emocionado, al ver la alegría que manifestaban los marinos por mi llegada. Uno de ellos que, parecía ser el almirante del barco, se bajó de la nave y extendiendo su mano me saludó: -Bienvenido a Elam, forastero; nos alegra tu llegada, y hoy esta tierra se viste de gala por tu presencia. Será un honor llevarte ante el gran señor Acab que te recibirá muy complacido-.

-¿Elam?, ¿Estoy en la tierra de Elam?- pregunté asombrado, pues esperaba la misma hostilidad que había recibido en las otras tierras.

-Si Señor, estás en Elam- respondió el almirante y continuó diciendo: -Imagino que esperabas un mal recibimiento; siempre es lo mismo, todos los forasteros que vienen piensan que encontrarán perversión como en otros lugares. Han circulado rumores acerca de la maldad de mi amo Acab pero son falsos, provocados por la envidia y la injusticia; mi amo es un ser bondadoso y preocupado por los habitantes de esta tierra, y se alegra con la llegada de forasteros a quienes atiende con galantería y además, comparte su fortuna. Te llevaré a la ciudad de la riqueza y lo comprobarás tú mismo- terminó diciendo, mientras esbozaba una sonrisa.

-Al fin y al cabo debo llegar a la ciudad y encontrar la semilla de trigo; es posible que todo haya cambiado después de haber vencido la maldad en las otras tierras- pensé.

Asentí con un gesto, la proposición del almirante.

Nos dirigimos al barco, su tripulación esperaba atenta a los movimientos del capitán. Al llegar a la proa de la nave, uno de los tripulantes me proporcionó una fina vestidura de terciopelo, con incrustaciones en los bordes, de piedras preciosas que embellecían el atuendo. Mi asombro fue mayor, cuando el almirante me ofreció toda clase de exquisitos platillos que despertaron mi apetito.

Las velas del barco se extendieron para dirigir el navío a la ciudad de la riqueza.

Después del banquete, me dejé guiar por el almirante y su tripulación a un camarote para que descansara, mientras enfilábamos hacia nuestro destino. Dormí profundamente, el cansancio y la satisfacción por el banquete, me vencieron con agrado.

Al cabo de un tiempo, la voz ronca de un navegante me despertó anunciando que el trayecto había finalizado. Un movimiento brusco fue la señal que el barco había atracado. Salí a cubierta y observé la majestuosidad de la ciudad de la riqueza, se alzaba imponente sobre aquella llanura cubierta de flores exuberantes. Me impresioné al ver tanta belleza; mis pensamientos alejaban la duda, me envolvía lo agradable del paisaje.

El almirante interrumpió mis pensamientos; con gran protocolo me llevó hacia una carreta tirada por seis briosos corceles, que me transportarían hasta el palacio del señor de aquellas tierras, quien curiosamente, me esperaba.

El camino hacia el palacio de Acab había sido adornado con banderines de colores que se movían inquietos por el juego del viento, parecía que me saludaban y me recibían con todos los honores; un sonido de trompetas se escuchó anunciando mi llegada. Observé la entrada del palacio bordeado de magníficos jardines, y en el centro, emergía una hermosa fuente. Todo era realmente asombroso. Los sirvientes con trajes de gala terminaban los preparativos para mi encuentro con el señor de Elam.

La carreta se detuvo, los sirvientes lanzaron flores sobre las escaleras de mármol que conducían a la puerta principal del palacio; las trompetas se escucharon de nuevo y la reverencia de los sirvientes al pasar frente a ellos, me hizo sentir muy halagado.

Caminé por un salón adornado con exquisitez, reflejaba la inmensa riqueza del amo y señor. Un hombre majestuosamente vestido, me esperaba de pie, con los brazos abiertos para darme la bienvenida. Era Acab, sus vestiduras bordadas en oro y piedras preciosas me indicó que estaba ante el dueño de aquellas tierras.

Extendí mi mano para responder el saludo y muy sonriente dijo: -Bienvenido forastero, alegría para estas tierras, es tu llegada; considérate mi huésped distinguido. La ciudad se viste de fiesta y en tu honor, se ofrecerán danzas y banquetes como símbolo de bienvenida-.

A su derecha se encontraba una bella joven. Sus ceñidas vestiduras dejaban entrever una maravillosa figura, y al sonreír, su rostro me pareció aún más hermoso. El soberano Acab extendió su mano a la bella dama y acercándola a él, dijo: -Te presento a la más pequeña de mis hijas y la única que me queda, pues el destino me ha arrebatado a las otras que han muerto sin dejar descendencia-.

La joven bajó su mirada en señal de reverencia. Su belleza sin igual me impactó, sus labios parecían frutos jugosos que me despertaban mil deseos inexplicables.

Sin embargo, su inigualable belleza y el brillo de sus vestiduras, se opacaba con la mirada apagada de sus ojos, que contrastaba con la belleza de su rostro. Era una mirada perdida y pensé que era de tristeza por la ausencia de sus hermanas; debía sentirse muy sola, rodeada de tanta riqueza.

Luego de los saludos protocolarios de bienvenida, el señor de Elam ordenó a sus sirvientes que me condujeran a la alcoba que había sido dispuesta para mí, pero su bella hija ofreció enseñarme los aposentos después de dar un paseo por los jardines del palacio.

Me sentí prendido de la hija de Acab; con mi mejor sonrisa acepté su compañía para caminar por los hermosos jardines. Acab sonrió y antes de retirarse a sus obligaciones, reiteró con agrado, la invitación a la recepción de bienvenida que ofrecería en mi honor.

Caminé por los alrededores del palacio acompañado de la bellísima hija de Acab que me envolvía con sus encantos. Me contó de su soledad. Su conversación almibarada y la picardía de su sonrisa me atraían de una forma extraña, mis sentidos sucumbían ante la belleza de sus labios y lo grácil de su figura. Mis ojos no se apartaban de su rostro, y mi corazón al tenerla tan cerca, palpitaba aceleradamente.

No sentí el tiempo transcurrido, ambos debíamos descansar y prepararnos para la recepción que sería ofrecida en mi honor. Después del paseo por los jardines, la joven me llevó a la habitación; y al alejarse, extendió su mano acariciando mi mejilla con picardía, retirándose presurosa a sus aposentos.

Entré a la habitación finamente decorada; un elegante atuendo de suave tela y adornado con piedras preciosas descansaba sobre el dosel.

Tanta hospitalidad me abrumaba: las amables atenciones del señor de Elam y de su bella hija. –Quizás la muerte de sus otras tres hijas ha cambiado el corazón de Acab; parece que ahora es noble y bondadoso, como me ha dicho el almirante del barco-pensé, mientras acariciaba aquella fina vestidura.

Dentro de la habitación, un hermoso cuarto de baño recubierto de mármol y una enorme bañera rebosante de agua tibia y aromática me invitó a reposar en ella, y dejar que el aroma de las sales y especias acariciara mi cuerpo. Después del gratificante baño, me vestí con aquel atuendo que parecía hecho a mi medida.

Un delicado toque en la puerta me indicó que era el momento de la recepción.

Me sentía como un príncipe con aquella vestimenta y muy emocionado por ver de nuevo a la bella hija de Acab. Con estos pensamientos, me dirigí al salón de donde provenía el bullicio de los invitados.

Los invitados celebraron con aplausos mi llegada al recinto. Un tanto sonrojado por el recibimiento, busqué a mis anfitriones; la delicada mano de la joven se extendió para unirse con la mía. Se escuchó una suave música y me encontré bailando con la bella y elegante mujer. Sus labios rojos delineaban una pícara sonrisa que invitaba a la intimidad.

Bailamos toda la velada, me sentía más prendido de ella; mis sentidos solamente percibían sus encantos, hasta que el sonido de una campanilla atrajo nuestra atención. El tintineo anunciaba el momento en que el anfitrión diría las palabras de bienvenida. El gran señor de Elam habló de esta manera: -Hoy es día de fiesta porque un forastero ha llegado a nuestra tierra y trae la alegría para mi única hija; ella me ha confesado su atracción por este hombre quien al parecer siente lo mismo. Por lo tanto, aplaudo esta unión y recibo a nuestro amigo como miembro de mi familia- terminó diciendo, mientras los asistentes aplaudían con frenesí.

Asombrado por las palabras de Acab observé la reacción de los invitados, continuaban aplaudiendo, por lo que habían escuchado: la pública confesión de amor de la bella hija de Acab que sonreía, sin brillo en sus ojos. Al ver con detenimiento a los invitados comprobé que les faltaba el brillo en su mirada. Abrumado por la ovación, pensé que era precipitada la unión con la bella joven que aunque sonriente, sus ojos reflejaban una mirada perdida.

Me acerqué a Acab y a su hija para agradecerles el homenaje; sin embargo, les manifesté que consideraba importante esperar, para conocernos más; yo debía finalizar el cometido de encontrar la semilla de trigo, y lanzarla a las aguas del río Eúfrates para restaurar la salud de mi amigo Aholiab.

La joven apagó su sonrisa al escuchar mis palabras, mientras Acab abrazándome dijo: -Estoy viejo y enfermo; tengo muchas riquezas, pero tiempo es lo que no poseo, ¿Qué necesitas para terminar lo que has empezado?, yo cumpliré tus deseos, si te unes a mi descendencia- dijo, mientras su hija esbozaba una sonrisa cómplice de aprobación a lo propuesto por su padre.

-Necesito encontrar una semilla de trigo para curar a un amigo- respondí.

Acab me miró silencioso, tomó la mano de su hija y se acercó a mí diciendo: -Tendrás la semilla de trigo para tu amigo si a cambio, dejas una semilla de fertilidad en el vientre de mi hija-. El monarca de aquel territorio expresó con frialdad aquella extraña negociación. Noté que sus ojos, tampoco brillaban.

Impresionado por las palabras de Acab, sentí un extraño escalofrío que hizo temblar mi cuerpo ante semejante proposición. Sin embargo, la oferta estaba hecha y presentí que no tenía otra alternativa más que aceptarla. -Talvez es mi destino asentar mi vida en esta tierra- pensé, aunque un temor repentino invadió mis pensamientos.

-Tráeme la semilla de trigo y pronto tu descendencia estará fecundada- dije, ofreciendo una sonrisa con mi respuesta.

Una nueva ovación se escuchó en el recinto, al momento en que un sirviente presentaba a Acab una charola de plata con la semilla de trigo. El anfitrión me la entregó confiado en que yo cumpliría mi promesa de fecundar a su bella hija.

Tomé la semilla y dirigiéndome a la hija de Acab le dije: -Debo guardar esta semilla en mi alforja; subiré a la alcoba y cuando esté preparado te llamaré para que nuestra unión sea consumada-. Mis manos acariciaron el bello rostro de la joven que, muy emocionada, me obsequió una sonrisa agradecida. Los invitados danzaban al compás de la música y en espera de que la unión se consumara.

Llegué a la alcoba y miré la semilla. La ventana de la habitación permitía ver la orilla del gran río. Estaba consternado por la propuesta de Acab. Aunque sentía una fuerte atracción por su hija, mi corazón me indicaba que algo no estaba bien; tanta hospitalidad a un desconocido, ofrecer todo a cambio de la preñez de su hija me parecía una solicitud precipitada que no coincidía con la nobleza de corazón que aparentaba el gran señor.

Mis pensamientos se confundían y al recordar las razones por las cuales Aholiab había huido de estas tierras, mis pensamientos se confundían todavía más. Entonces, busqué la luz del entendimiento.

Miré al cielo, tratando de encontrar la respuesta a esa incertidumbre que me dominaba; ¿Debo unirme con la bella joven a cambio de la semilla de trigo?...

Bajé la mirada hacia la inmensidad del Éufrates, y las palabras del anciano Bezaleel resonaron en mi cabeza: *"Debemos estar alejados de las tentaciones que se presentan en la vida, pues éstas se disfrazan como grandes oportunidades de beneficio, pero poco a poco demuestran su verdadero rostro de maldad".*

Aún no encontraba el sentido de aquellas palabras que se repetían en mi mente; sin embargo, sentí que eran las que darían claridad a mis dudas e indecisiones.

Los rostros de mis amigos se reflejaron en mis pensamientos, mientras mis manos acariciaban la pequeña semilla de trigo; la guardé en la alforja, presintiendo que algo se ocultaba en esta tierra.

Al guardar la semilla, mi mano rozó con la brillante daga sin filo. La saqué y la empuñé para verla con detenimiento. De pronto, su brillantez iluminó toda la habitación. Asombrado, pude presenciar la revelación de la verdad.

Aquella habitación decorada con elegancia, mostraba su lúgubre realidad ante el contacto de la luz que definía todo lo que mis ojos no habían visto. Me encontraba en un cuarto espantoso, lleno de bichos por todas partes que corrompían el ambiente. La mullida cama no era más que un nido de ratas inmundas que peleaban, mordiéndose unas a las otras, para saciar su voraz apetito.

La luz de la verdad se reflejó en toda la habitación. Para comprobar el efecto que producía el brillo de la daga, la dirigí hacia la llanura cerca del río y pude ver con asombro que la vegetación y su frescura desaparecían, y en su lugar, se evidenciaba la ruina y la miseria.

En ese momento, entendí las palabras de Bezaleel que volvían a clavarse en mis pensamientos; todo lo que había en este lugar era la falsa apariencia del malvado Acab que, deseando eternizar su perversión, pretendía que yo germinara un nuevo fruto de maldad en su descendencia. Con sus hechicerías había creado esta fantasía para atraerme, poniendo en juego mi pureza y así extender su iniquidad.

Sin embargo, la luz de la verdad me advirtió que el morbo, la corrupción y la lujuria estaban presentes en este recinto, no vistos por ojos humanos. A donde dirigiera la brillante daga, aparecía la imagen real de las cosas. Esta luz protegía mis pasos, para que la firmeza de mis decisiones estuviese acompañada de la santidad de mi cuerpo.

Me despojé de aquellas finas vestiduras y con mi vieja túnica, la que me dieron mis amigos, bajé al salón donde estaban las huestes de Acab disfrazadas de elegantes comensales, esperando con morbo, junto a los malvados anfitriones, consumar sus miserables propósitos.

Abracé la alforja y empuñando la brillante daga, aparecí frente a los malvados, que impactados por la luz intensa de la verdad mostraron su espantosa apariencia. La brillantez de la daga los destruyó en el acto de manera inmisericorde.

Acab y su hija trataron de huir pero, con la fuerza de la decisión empuñé la daga con dirección a sus rostros. Aquella luz los alcanzó, dejando ver con claridad la fealdad de sus figuras.

Un gemido de dolor se escuchó, y el malvado junto a su hija quedaron destruidos por la luz que resplandecía en el recinto.

Salí del palacio y la brillantez de la daga sin filo iluminó mi camino a la orilla del río que no era tan grande como aparentaba; era un pequeño riachuelo fácil de atravesar.

Me incliné sobre el pequeño charco para depositar la semilla de trigo, dejando también la pequeña daga. Lo atravesé y agradecí a los cielos la gracia recibida.

Ahora, la luz de la verdad iluminaba mi camino.

IX

LOS FRUTOS DE LA VICTORIA

El viento se había calmado. La tranquilidad dominaba esta nación y la maldad había sido vencida en su tiempo. Una luz brillante aclaraba mi camino al encuentro con los buenos ancianos.

La emoción me embargaba; por mis amigos había enfrentado la maldad de estas tierras y en cada uno de los territorios había conocido los diferentes rostros de la iniquidad. Sin embargo, también había descubierto que poseía fuerza y habilidades, que me ayudaron a salir victorioso en las batallas.

Siempre habían estado dentro de mí y no las había descubierto. A veces nos sentimos tan solos y desprotegidos, sin percatarnos que estamos acompañados por nosotros mismos.

En aquel momento, entendí que la soledad también se siente aún en compañía de otros. Cuando encontramos en nosotros mismos nuestras cualidades, comprendemos que estamos acompañados por una fortaleza interior que nos ha sido otorgada desde nuestro nacimiento, sólo basta descubrirla.

Una brisa fresca rozó mi rostro; la claridad del día relucía en el horizonte, y la serenidad que moraba en mi corazón me indicaba que pronto estaría con mis amigos.

Seguí caminando, mis pasos ya no eran presurosos sino pacientes, porque la calma invadía el lugar y mi caminata era tranquila. -Pronto estaré en la otra nación y mi búsqueda habrá terminado- pensé, mientras trataba de llegar a la cueva donde los varones yacían enfermos.

Había pasado el tiempo desde que aparecí en este lugar, sólo y desnudo, pero había conocido a los cuatro ancianos que me dieron la oportunidad de sentirme distinto; de conocer mis propias miserias, pero también descubrir fuerzas y virtudes que estaban alojadas dentro de mí.

En cada batalla que libré encontré la victoria; comprendí que la maldad en esos lugares fue el resultado de la debilidad del dueño de cada territorio, que dominado por vanos placeres, no se dio la oportunidad de conocer sus talentos. Permitió que el mal dominara su corazón.

Aún, sin saber quien era ni cual era mi origen, me sentí confortado porque logré hacer cosas extraordinarias. Ahora, los ríos cristalinos de esta nación avanzaban atrevidos a buscar su destino.

Mis pensamientos aún no encontraban respuestas de mi origen... mi memoria no respondía; -¿Tendré familia?, ¿Seré un ciudadano de la nación detrás de la frontera?- me preguntaba, sin que mi mente me ofreciera una respuesta. -Pronto lo sabré; dejaré que los ancianos me guíen, estoy seguro que con ellos, encuentro mi hogar y mi destino-.

Recordé el primer encuentro con los ancianos, la compasión y serenidad que me habían brindado sin conocerme. Sin embargo, me entregaron lo que poseían: la paz de su corazón, la serenidad de sus rostros, la paciencia de sus pasos y llenos de la luz del entendimiento, habían guiado mis pasos para vencer a la maldad.

Me sentía un triunfador, aunque comprendía que la victoria la había obtenido porque siempre percibí la presencia de mis amigos que alejaban la inquietud de mis temores. Cuando miraba a los cielos, la presencia bendita de los ancianos iluminaba mi camino, cada uno llenaba de luz mis propias decisiones. Durante las batallas parecía que habían estado junto a mí, y con el legado de aquella vieja alforja me dieron la fuerza necesaria para encontrar los frutos de la victoria.

El viento cálido me hizo percibir su presencia. Presentí que pronto estaría a su lado.

En el horizonte, una luz brillante cegó mis ojos. Al acostumbrarme a la luz, observé cuatro siluetas que se acercaban. Me detuve para admirar emocionado la visión que se manifestaba frente a mis ojos, los cuatro ancianos corrían sanos a mi encuentro, con una formidable agilidad. No era una ilusión óptica, estaba sucediendo con toda claridad.

Aholiab se adelantó a sus hermanos, caminaba presuroso con los brazos abiertos y el rostro humedecido por las lágrimas. Nos fundimos en un cálido abrazo, sintiendo como su cariño envolvía mi cuerpo.

-Bendito seas, amigo Labrador, has triunfado; gracias a ti estamos vivos y llenos de esperanza- dijo, mientras me acariciaba el rostro.

Bezaleel, el sabio anciano de Cus, me abrazó también, y con su mirada compasiva dijo: -Amigo Labrador, eres bienvenido; nos has salvado de la maldad. Nuestro agradecimiento es eterno y estaremos contigo como fieles guardianes en busca de tu destino-.

Sus palabras eran delicia a mis oídos; estaba contento por haberlos encontrado; mis emociones eran indescriptibles, la fuerza de la bendición se hacía presente.

También el varón de Asiria estaba emocionado y saltaba al abrazarme, alegre por nuestro reencuentro. Aser tomó mi rostro entre sus manos y mirándome con aquellos ojos generosos dijo: -Ahora veo tu grandeza amigo Labrador; gracias a tu esfuerzo, mi vista ha mejorado; ahora veo tu rostro de bondad, pero también distingo las fuerzas maravillosas que hay en tu interior. Gracias por atrever a conocerte; pues tu humildad me ha sanado y vuelvo a contemplar la luz de los cielos-.

Las lágrimas corrieron por mis mejillas; mis labios emocionados no articulaban palabra alguna, mientras que mis ojos buscaban la luz del cielo para agradecer tanta alegría.

Miré a Leví, que paciente, esperaba saludarme. Mis brazos se extendieron emocionados al sentir la grandeza y el amor de mi buen amigo. Me abrazó y con suaves palmadas en la espalda me transmitió su fortaleza. La paz me envolvió. Me sentí tan protegido y seguro entre sus brazos que deseé que aquel abrazo no terminara.

Con su inigualable sonrisa, el buen anciano me dijo: -Bienvenido amigo Labrador; has encontrado los frutos de la victoria. La paz, la justicia, la salud y la riqueza ahora te pertenecen, y si confías en el Hacedor de la Vida, siempre estarán contigo-.

En ese momento, me di cuenta que todo el tiempo había buscado las virtudes de aquellos hombres para sentirme protegido, pero aquel abrazo de los ancianos me mostró que esos valores estaban dentro de mí. Ellos estaban en mi interior y yo era parte de su existencia.

Mis lágrimas de alegría no cesaban de fluir, mientras todo mi ser se regocijaba con la paz de las alturas, los ancianos se veían rebosantes de salud, en parte por mi esfuerzo, y en parte, por lo que ellos me habían enseñado y entregado en aquella vieja alforja.

Veía las sonrisas de los ancianos mientras se acomodaban en el suelo, contentos por nuestro reencuentro. Leví sacó de su túnica una hojuela más grande que las anteriores, la partió y nos dio un pedazo a cada uno diciendo: -Compartamos esta bendición con alegría porque estamos juntos de nuevo y permaneceremos así, hasta el final de los tiempos; eso simboliza esta única hojuela, que nos une para llegar a la otra nación después de la frontera. Debemos descansar para nuestro encuentro con el destino- terminó diciendo, mientras recibíamos aquel pan, agradable y suave, que representaba más que un alimento: representaba la infinita misericordia del Creador.

Las palabras del buen anciano Leví me llenaron de esperanza. Nuestra llegada a la frontera estaba próxima, y la disposición de los ancianos a guiarme me motivó a expresarles mi agradecimiento por su deseo de acompañarme a buscar el destino arrebatado por mi memoria.

Sentados en el suelo, comimos y observamos una brillante luz que provenía de los cielos; pequeñas lumbreras resplandecían en el firmamento.

Me recosté en el suelo y dormí profundamente. La cálida presencia de mis amigos confortó mi sueño; ahora, era grato y reparador. Se cubría con la confianza proveniente de las alturas.

X

LA FRONTERA UNIVERSAL

Nos dirigimos hacia el centro del encinar de Mamre para encontrar el camino a la frontera; mis pasos emocionados seguían el trayecto guiado por los buenos ancianos; ellos caminaban también con paso sereno, sus cuerpos erguidos ya no daban muestras de fatiga.

No imaginaba lo que me esperaba en la otra nación; la compañía de los varones era suficiente para reposar mis inquietudes. Seguía en aquel desierto; sin embargo, era diferente, el aire fresco rozaba nuestros rostros. Una sensación de paz reinaba a nuestro alrededor.

No había prisa en llegar a la frontera, pero sentí curiosidad de saber más de la tierra que encontraríamos y pregunté a los ancianos si conocían esa nación ubicada al otro lado de la frontera. Leví se acercó a mí y me contestó: -Todos nacimos allá; siendo muy pequeños nuestro padre nos entregó con el dueño de los territorios para guardar sus posesiones hasta el final de los tiempos. Desde entonces, hemos estado en esta nación al servicio de aquel amo que no pudo cuidar lo que le fue otorgado para su fortuna y la de su descendencia-.

Intenté reflejar en mi mente la imagen del dueño de cada territorio que conformaba aquella nación recién librada de tanta maldad. Durante las batallas nunca encontré al señor de aquellas tierras que los ancianos habían guardado con esmero. Había estado únicamente ante la presencia de los invasores que habían sido destruidos por misericordia. —¡Qué equivocado ha vivido el terrateniente de Havilá, de Cus, de la gran Asiria y de Elam; no supo cuidar la herencia de su padre!- pensé, imaginando también lo desagradecido que había sido con aquellos ancianos que dejaron su lugar de origen para adoptar aquella nación como su propio hogar.

Ahora, los fieles guardianes de esta nación caminaban junto a mí para entrar al servicio de otro amo, parecía que estaban destinados a guardar la fortuna de los demás. Y aunque les hubiesen pagado mal, continuaban sirviendo con su alegría habitual y acompañados con el brillo espléndido en su mirada; ¡Admiraba tanto su pureza y la paz que los envolvía!

Bezaleel que siempre adivinaba mis pensamientos, me dijo: -No creas que el dueño de cada territorio fue malo de nacimiento; cuando era pequeño su inocencia reflejó la pureza, y en muchos momentos de su vida nos llenó de alegría con su bondad, su justicia y su amor que prodigó a manos llenas. Sin embargo, el tiempo pasó, y aún disfrutando de una inmensa fortuna, no supo cuidarla, porque no comprendió que su riqueza era el fruto de la bendición; no multiplicó sus bienes porque no encontró dentro de sí las fuerzas y talentos con que había nacido. Su voluntad se hizo débil y no buscó la luz del entendimiento, esa luz que se encuentra únicamente en los cielos. Cada uno de nosotros le advertimos de sus desaciertos, pero su soberbia no le permitió escuchar nuestro consejo- terminó diciendo, mientras me abrazaba suavemente.

Aholiab, el anciano inquieto, se adelantó y saltando de alegría nos llamó para enseñarnos lo que había encontrado; con su mano extendida, nos mostró dos pequeños arbustos que se encontraban plantados en nuestro camino. Los matorrales erguidos estaban llenos de verdes hojas, y la vida se reflejaba en cada una de sus ramas. Maravillados, nos acercamos a contemplar los arbustos que representaban de nuevo la vida en aquel desierto.

El varón Aser se arrodilló ante los pequeños árboles, miró al cielo y agradeció este hallazgo que significaba el inicio de la restauración de esta nación por gracia bendita. Los demás también nos postramos, mientras el anciano Aser abrazándome dijo: -Por la misericordia del cielo nuevamente la vida germina en esta tierra, y tus correctas decisiones nos han permitido ser testigos de la gracia derramada en esta nación. Estos arbustos nos indican que estamos cerca de la frontera donde obtendrás la recompensa de tus acciones- terminó diciendo. Asombrado por las palabras del buen anciano, seguí contemplando el brillante verdor de los matorrales.

Caminamos un buen trecho alejándonos de los arbustos florecidos; de repente, vimos dos espadas de fuego suspendidas en el aire que se movían en todas las direcciones, impidiendo con sus movimientos, nuestro acercamiento hacia un hermoso puente de piedra que se erguía frente a nosotros.

Nos detuvimos para mirar el movimiento de las espadas encendidas; Leví volvió hacia mí y dijo: -Hemos llegado a la frontera-. Su rostro estaba iluminado con la luz de los sables.

Dos criaturas luminosas guardaban el ingreso al lugar; habíamos llegado a la frontera y aquel puente dividía el desierto con la otra nación, ese lugar que, podía ser mi hogar.

Me acerqué a las espadas incandescentes para ver mejor el puente; con asombro vi el río que pasaba debajo de él. Era un inmenso torrente que se suspendía en el aire, no rozaba superficie alguna y la conformación de sus aguas estaba integrada por millones de diminutas gotas que, unidas formaban el gran caudal. El agua era extraña, parecía líquida y cristalina, pero al observarla con detenimiento, pequeñas burbujas la hacían sólida como una roca, y tan liviana que el río flotaba como las nubes.

Estábamos maravillados de lo que nuestros ojos apreciaban; el sol brillaba y sus rayos de todos colores chocaban con las aguas de aquel torrente formando un hermoso arcoiris que proyectaba una indescriptible luminosidad.

La fragancia del ambiente era exquisita, como si todos los aromas se hubiesen unido formando una mezcla deliciosa que jamás había sentido. No imaginaba tanta belleza en un solo lugar, mis sentidos se embriagaban con lo maravilloso del entorno.

Bezaleel se arrodilló, elevó la mirada al cielo y expresó su agradecimiento con una oración silenciosa. Los otros ancianos al igual que Bezaleel se postraron. También me arrodillé dando gracias por haber llegado a este lugar. En ese momento, el cielo iluminó mi rostro y me llenó de una paz interior que no encuentro una justa descripción.

De repente, las espadas de fuego se apagaron y dando una voltereta en el aire se posaron entre las manos de las criaturas luminosas que permanecían en la entrada del puente. Aquellos seres de luz inclinaron sus cabezas reverentes cuando se percataron de la silueta iluminada de un hombre que caminaba en dirección a nosotros. Leví se postró de nuevo y caminó de rodillas ante el hombre que se acercaba.

Una hermosa túnica blanca cubría su cuerpo; la blancura de sus vestidos era tan intensa que iluminaba todo. No podía ver su rostro por su brillante presencia.

El hombre se acercó a Leví y con amabilidad lo levantó, mientras el anciano lloraba de contento por el encuentro con aquel hombre iluminado. Besó el rostro del varón y de los otros ancianos. Luego, extendió sus brazos para recibirlos en su regazo. Todos lloraban por la emoción de aquel encuentro.

Igualmente, las lágrimas corrieron por mi rostro al ver que mis buenos amigos estaban llenos de la luz de aquel hombre que les demostraba tanto amor y misericordia. Mis pensamientos estaban serenos, sabía que ahora los buenos ancianos se encontraban seguros, y su destino estaría cubierto por la paz y la prosperidad que se merecían. Su cariño y dedicación por otros iba ser recompensado en esa nación. En silencio, me alegré por ellos.

El hombre volvió su rostro en dirección a donde se encontraban las criaturas luminosas. Sin mediar palabra, los guardianes del puente guardaron las espadas, y se acercaron a los ancianos; los abrazaron y los condujeron por el puente en dirección contraria a donde yo estaba. Caminaron despacio hacia la otra nación, donde el hombre lleno de luz era el hijo del Soberano.

Me quedé solo con aquel hombre que envolvía el ambiente con su luz y presencia; me miró y extendió sus brazos para darme la bienvenida. Me levanté del suelo y caminé emocionado a su encuentro. Mis piernas temblaban a cada paso, sentía que el lugar que pisaba era santo y debía mantenerme arrodillado. Así lo hice, caminé de rodillas al encuentro de aquel hombre que se adelantó para recibirme. Una sensación especial en mi interior agradeció con lágrimas haber llegado junto a Él.

El hombre se inclinó donde me encontraba y me abrazó. Recibí en aquel abrazo una calidez infinita, no había aflicción en mí; mis pensamientos se regocijaron con una sensación de júbilo que me envolvió.

Levanté mis ojos para ver su rostro, pero la intensa luz que irradiaba no me permitió delinear sus facciones; sin embargo, no sentí la necesidad de conocer su mirada, aquel abrazo fue suficiente para saber que me amaba.

-Seas bienvenido al reino de mi Padre, amigo Labrador- dijo, mientras sus cálidas manos acariciaron mi rostro.

-¿Quién eres Señor?, no soy merecedor de tu recibimiento- exclamé.

-Me llamo Emmanuel y SOY EL QUE SOY- respondió. Su voz serena penetró en mi interior, mientras la luz de su rostro calmó mi curiosidad. Me dejé llevar por la autoridad que imponía su presencia, ¡Era extraordinario lo que estaba sucediendo!

-¿Eres tú el que ha llegado desnudo al desierto, sin labrar tierra alguna y buscando su destino?- me preguntó, mientras sus manos seguían acariciando mi rostro, compasivamente.

-Si Señor, yo soy- respondí avergonzado. -Gracias a los buenos ancianos he sobrevivido en este lugar, porque mi memoria no recuerda mi pasado- dije con la mirada en el suelo. Sentía vergüenza por no saber quien era.

-No sientas vergüenza por lo que no recuerdas ni por lo que han hecho tus fieles amigos, ellos han actuado por disposición de los cielos. Debes avergonzarte por no encontrar tu destino a pesar de los talentos que te han sido dados desde tu nacimiento- dijo, mientras sus brazos seguían llenándome de calor.

-¿Y cuál es mi destino?, ¿Cómo encontrarlo si ni siquiera sé quién soy ni de dónde vengo?- pregunté, aún más avergonzado.

-Tu destino es ser feliz plenamente, así está dispuesto desde tu creación; sin embargo, no lo has encontrado porque tus cotidianas decisiones se han desviado por caminos que han retrasado tu encuentro con la felicidad-.

Aún no comprendía que la felicidad era mi destino, sentí pena de mí. Mi mente no entendía la manera en que podía llegar la felicidad a mi vida, pero era mi destino, según las palabras de aquel hombre iluminado.

El hombre dirigió su resplandeciente rostro hacia mí y con voz suave me preguntó: -¿Qué llevas colgado en tus hombros?- -Una vieja alforja- respondí.

-¿Quién te la ha dado?- volvió a preguntar.

-El anciano Bezaleel me la entregó, cuando el varón Leví cayó enfermo-, respondí acariciando la vieja bolsa.

-¿Y que hay dentro de ella?- volvió a preguntar el gran Señor.

-Nada, está vacía- respondí.

-¿Y has venido cargándola vacía?- me inquirió de nuevo.

-No Señor, esta pequeña alforja ha guardado cosas maravillosas que me libraron de la maldad; un poco de incienso, un frasco con bálsamo, un pequeño escudo y una daga sin filo que me mostró la verdad. También guardó las semillas que devolvieron la salud a mis amigos y una hojuela que se presentó en los momentos más difíciles de mi recorrido- respondí, recordando lo sucedido.

El gran Señor Emmanuel se quedó en silencio, había escuchado atento mi respuesta. Se acercó a mí, inclinó su rostro cerca del mío, y con voz suave y serena volvió a preguntar: -¿Y qué has hecho con todas esas cosas maravillosas que tu bolsa guardó?-

-Bueno...las utilicé para destruir el mal que se había enraizado en los territorios que los ancianos guardaron fielmente; el incienso, el bálsamo, el escudo y la daga brillante me sirvieron para este cometido, y las semillas que encontré en los distintos territorios fueron arrojadas sobre las aguas de los ríos que surcan esas tierras. También la hojuela me ayudó a vencer el mal- dije, recordando aquellas batallas que había librado para salvar mi vida y la de mis buenos ancianos.

-¿Y qué sabes de los territorios donde has enfrentado tan cruentas batallas?-, preguntó el buen Señor.

-Me han contado los bondadosos ancianos que fueron tierras prósperas donde la armonía reinó; pero el dueño de cada uno de los territorios no cuidó lo que le había sido entregado por heredad, permitiendo que invasores malignos dominaran sus posesiones, sembrando en ellas, la maldad y la discordia. Por eso llegué a cada tierra, acompañado con el favor de los cielos, para conseguir la cura de mis amigos- respondí, mientras mis ojos admiraban el resplandor que envolvía al Señor de esta nueva nación.

El hombre me levantó del suelo; con un cálido abrazo, me llevó a la mitad del puente, preguntando de nuevo: -¿Ves cuán grande es este río?-

Asentí con la cabeza, mientras mis ojos admiraban la inmensidad de aquel extraño río; luego, acarició la alforja y volvió a hablar: -De este río surge la vida que riega la humanidad; cada gota representa una nueva vida que tendrá por herencia su propia tierra, para ser labrada con los talentos que el gran Hacedor provee desde el principio. Este maravilloso río corre incesante en las tierras heredadas y se divide para formar otros ríos que alimentan la nación de cada ser humano. Tu vida, amigo labrador, te fue dada pura e inmaculada, y salió también de estas aguas como una gota, que en el recorrido de tus acciones formó caudalosos ríos que nutrieron de bendición o maldición a la vida que decidiste llevar. Mi Padre dotó de elementos nutritivos a tu existencia; aire, fuego, agua y tierra para que fueran usados en tu beneficio. Sin embargo, has utilizado indebidamente todo aquello que te fue otorgado; tu egoísmo, abuso y soberbia han hecho que todo lo bueno, se convirtiera en maldición para ti.

Has buscado la felicidad plena; has deseado tener paz espiritual, salud física y riqueza material; luchaste día a día para obtener aquello que ya te ha sido entregado, pero no lo encuentras porque no has descubierto el legado que te fue dado por amor, para que la felicidad te acompañe en todos tus caminos.- terminó diciendo, mientras yo escuchaba atento la sabiduría de sus palabras.

Tomando en sus manos la alforja que colgaba en mis hombros, el gran Señor continuó hablando: -Mira esta alforja, así es tu vida. Te fue dada pero, decidiste llevarla sobre tus hombros como una carga y el tiempo se encargó de que sintieras su peso; no te diste la oportunidad de conocer su contenido. En esta alforja, como en tu propia vida, fueron guardados los talentos que te han sido otorgados para ser feliz.

El incienso que se elevó en humo en tu primera batalla es LA ORACIÓN de súplica y alabanza que también se eleva para ser escuchada por el Hacedor de la Vida, que te socorre y bendice en todos los tiempos. Tu oración manifiesta LA FE que guía tu encuentro con El y conmigo, así obtienes LA PAZ que aleja de tu espíritu la incertidumbre y el miedo.

El bálsamo que alivió los dolores en aquella batalla, es EL AMOR que debe llenar tu vida, que a través de LA COMPASIÓN que sientes por los demás, aleja de ti la enfermedad, para que LA SALUD que proviene del alma, viva en ti y no sea invadida por el vicio, la corrupción y el lamento.

También la alforja llevó un pequeño escudo que te cubrió del fuego de la ira y la soberbia, es EL PERDÓN dentro de ti por los demás, aunque éstos se encuentren cubiertos de necedad y blasfemia. LA SABIDURÍA te guía para que tus actos estén acompañados de JUSTICIA y no sea invadida tu conciencia de pensamientos egoístas, arbitrarios y llenos de rencor.

Asimismo, la alforja llevó consigo la daga brillante sin filo, que iluminó la realidad que tus ojos no veían, como lo hace en tu vida LA SANTIDAD que te muestra el genuino rostro de las tentaciones humanas, aquellas que aparentan beneficios pero, que en algún momento descubren su falso rostro. Por ello, la santidad es guiada por LA VERDAD, que te lleva a encontrar la PROSPERIDAD para que jamás tu cuerpo sea invadido por la pobreza, la lujuria y la desidia- terminó diciendo.

Asombrado por las sabias palabras del gran Señor bajé la cabeza. Entendí, que yo mismo había permitido que la maldad invadiera aquellas tierras que me habían sido otorgadas por herencia y gracia del Señor de la Vida, y no había sido capaz de cuidarlas.

Las lágrimas corrieron por mi rostro y sollozando le pregunté: -¿Señor... soy yo entonces, el dueño de estas tierras?-

El Santo Hombre, limpiando mi cara respondió: -Si amigo mío, tú eres el dueño de los territorios que viste sumidos en la maldad y que habías perdido; sin embargo, los has recuperado porque descubriste los talentos que posees; cada uno de esos territorios han formado tu vida, tu propia nación. La primera tierra que conociste donde la duda y el miedo dominaban, es tu "Espíritu" que te fue dado a imagen y según nuestra semejanza; luego, llegaste a conocer el territorio invadido por la necedad y la soberbia, es tu "Conciencia", el territorio de tu nación que te otorga libertad de discernimiento y llena de sabiduría tus palabras. Después libraste una terrible batalla contra la enfermedad y el lamento en el territorio de tu "Alma", ese lugar que, sereno reposa en ti, donde los lamentos y el dolor no tienen cabida; y por último, conociste la tierra donde la lujuria, la desidia y las tentaciones humanas trataron de dominarte; ese territorio es tu "Cuerpo", que es el instrumento donde se manifiestan tus acciones, y que es bendito para que se convierta en el templo y hogar de mi Padre, y también mío- concluyó el hombre iluminado.

El buen Señor, compasivamente me miraba y enjugaba mis lágrimas de arrepentimiento, con sus manos dispuestas al perdón.

Quitó la alforja de mis hombros y la puso entre mis manos diciendo: -Deja de cargar el peso de tu vida, pues en tu recorrido no has estado sólo; el amor de mi Padre te ha provisto de fieles guardianes que han cuidado cada uno de los territorios de tu propia nación; ahora, debes dejarte guiar por ellos, pues han sido ellos, quienes te han traído a mi presencia: el buen y sonriente Leví, el guardián de tu espíritu es la fe en el Creador y en ti mismo; el grandioso Bezaleel, guardián de tu conciencia, es la sabiduría de tus pensamientos; el generoso Aser, guardián de tu alma, es la compasión albergada en ti para los demás; y el buen Aholiab, guardián de tu cuerpo, es la verdad que te acompaña en todos tus actos; con ellos, tus guías, llegarás al encuentro con tu destino, y la felicidad plena será tu gran compañera- dijo, dándome un abrazo y levantando mi rostro con sus manos.

La realidad de mi vida se reveló ante mis ojos. Mis lágrimas reflejaron el arrepentimiento que sentía. Empecé a comprender las razones por las cuales mi memoria no recordaba mis acciones pasadas: mi mundana vida sin la bendición de las alturas, había provocado que la maldad me invadiera. Yo mismo había alejado la felicidad; y el olvido de mis recuerdos, era la muestra misericordiosa del Señor de los cielos que me había conducido a su presencia, a la frontera universal, confundido y equivocado. Sin embargo, su perdón borró mis desaciertos, y me dio otra oportunidad de guardar aquello que me había sido otorgado por la gracia y el amor del Creador.

Comprendí también, por qué había aparecido desnudo en aquel desierto: mis acciones pasadas no habían encontrado el motivo que diera sentido a mi vida, siempre había estado desnudo, sin la verdad. Ahora, lo sabía.

Me había sido revelada la verdad. Entonces, lloré de arrepentimiento y pedí perdón al Señor de los Cielos por todos mis errores, por no haber aprendido a ser feliz plenamente; por no disfrutar, ni agradecer lo que me había sido otorgado, y no compartir con los demás la fortuna recibida. Lloré al recordar mi impaciencia, no sabía esperar; justificaba mis desaciertos culpando a los demás de ellos; tampoco había aprendido a perdonar, muchos menos, bendecir a mi prójimo.

Lloré incansablemente; y con mi llanto, testigo de mi arrepentimiento sincero, se limpió mi interior de culpas y tristezas. En su lugar, un deseo ferviente de servir para siempre al Hombre Iluminado, llenó mi existencia. Me arrodillé ante el gran Señor Emmanuel y le dije: -Déjame quedarme contigo y servirte para siempre en el Reino de tu Padre-.

Emmanuel me abrazó nuevamente, y con la santidad que irradiaba me contestó: -Tu voluntad conforta mi Espíritu, pero aún no es tiempo de que sirvas en esta nación; primero, deberás labrar tu tierra y encontrar en ella la felicidad plena; te aseguro que cuando la encuentres, yo estaré contigo para celebrar ese maravilloso momento de plenitud. Solamente si encuentras tu destino, podrás atravesar la frontera universal y disfrutar de toda la riqueza que ofrece esta nación, y hacer de ella tu nuevo hogar, cuando la voluntad de mi Padre así lo disponga– dijo, acariciando mi rostro.

El Santo Varón sacó de sus relucientes vestiduras, un pequeño libro y lo puso en mis manos diciendo: -Guarda este libro y llena de nuevo tu alforja; así, tu vida estará cubierta de la Palabra Verdadera que guiará tus caminos y labranzas. Busca en él, mi amor y la misericordia de mi Padre-.

Guardé el libro en la pequeña alforja y de rodillas frente al gran Señor, agradecí sus palabras.

Él se arrodilló también junto a mí, besó mi frente y extendiendo sus manos depositó en las mías cuatro diminutas semillas, las mismas que habían sido arrojadas en aquellos ríos. Besó mis manos y dijo: -Recibe mi amor por siempre;

camina a tu tierra y siembra en ella estas semillas para que coseches abundantes frutos que te prodiguen hasta el final de tu tiempo-.

Recibí el regalo y besé también sus manos. Al acercar mi rostro hacia ellas pude ver unas heridas abiertas que las atravesaban; Él, observando la impresión que me causó ver sus manos lastimadas, con serena voz me dijo: -Son las marcas de haber labrado mi tierra, pero aún no cicatrizan, porque todavía no cosecho todos los frutos de mi sacrificio. ¡Anda y cosecha tus frutos!, ayudarán a sanar mis heridas-.

Me levanté de aquel lugar sagrado. Había comprendido que debía continuar batallando en la vida con mis propios talentos, con la certeza en mi corazón que su presencia estaría siempre en mis cotidianas decisiones, para llenar mis eras y lagares de abundante cosecha.

Miré por última vez la blancura de sus vestidos y recordé la túnica blanca que Leví y sus hermanos me habían entregado cuando me encontraron sólo y desnudo. Sonreí lleno de agradecimiento, y me despedí del gran Señor convencido de que Él me había cubierto con su amor, todo el tiempo.

Caminé hacia la salida del puente y volví a ver al gran Señor Emmanuel que me miraba con su rostro iluminado. Desde la frontera universal, me despedía diciendo: -Siempre estaré contigo, porque Soy el Camino, la Verdad y la Vida.-

XI

LA NUEVA SIEMBRA

Me alejé de aquel lugar sagrado, pero en mis pensamientos quedaron grabadas para siempre las palabras del gran Señor Emmanuel que habían revelado mi vida, y me habían enseñado la oportunidad de ser feliz.

Caminé por mi propia tierra en busca de mi destino, aún asombrado por el encuentro con el Señor Emmanuel. Miré la alforja, la abracé con todas mis fuerzas pensando en su contenido: el libro que poseía la palabra verdadera, y las significativas semillas que el buen Señor me entregó para sembrarlas en mi tierra y que producirían frutos abundantes para mi vida.

Sin embargo, había nostalgia en mi corazón; los buenos ancianos se quedaron en aquella nación y no me despedí de ellos. No pude agradecerles todo lo que habían hecho por mí, aunque también comprendí que merecían disfrutar de la presencia del Hombre Iluminado; Él recompensaría su bondad. Ya habían librado muchas batallas conmigo; ahora, yo debía enfrentar la cotidianidad de la vida, lo bueno y lo malo que se presentara. Ahora sabía cual era mi destino y mi propósito... ¡Ser feliz!

Seguí caminando, mis ojos se asombraban al ver el desierto que ya no era desierto, pasto nuevo y reverdecido lo cubría, lo llenaba de esperanza y vida. El olor fragante de la llanura refrescaba mis sentidos, me hacía olvidar por momentos, la nostalgia de no poder abrazar por última vez a mis buenos amigos.

Caminé hasta el centro del encinar buscando los arbustos que habíamos encontrado con los ancianos; de repente, observé dos frondosos árboles que se erguían majestuosamente uno junto al otro, en el mismo lugar donde habíamos visto los pequeños matorrales. Sonreí agradecido y mirando al cielo, porque la vida y el conocimiento habían crecido en mi tierra, fortalecidos para ayudarme a librar cualquier batalla.

Me acerqué a los árboles, y sorprendido vi que cuatro hombres jóvenes y fuertes me miraban sonrientes, esperando mi saludo.

Observé maravillado su nueva apariencia; los cuatro varones que fielmente habían estado conmigo, ya no eran ancianos; sus cuerpos mostraban el brillo de la juventud y la fuerza, aunque su mirada seguía siendo la misma, llena de luz y alegría.

Los abracé; estaba tan agradecido por todo lo que me daba el Señor de la Vida; de nuevo, me hacía sentir su amor en aquel abrazo. Leví sonreía, mientras Bezaleel acariciaba mi espalda con sus cálidas manos; Aholiab saltaba por la emoción de estar juntos, y el buen Aser, se contentaba por nuestro encuentro.

Bezaleel, con aquella mirada generosa dijo: -Amigo Labrador, por la humildad de tu arrepentimiento y el amor que ofreciste para librarnos de nuestra condición pasada, hemos sido vigorizados por la misericordia de los cielos-.

Leví interrumpió al varón de Cus y dijo: -Tienes razón, hermano; gracias a nuestro amigo, gozamos de la fuerza para ayudarle a guardar lo que es suyo; vuelves a ser nuestro Amo, y todos nos regocijamos por ello-, terminó diciendo, mientras los cuatro jóvenes doblaban sus corpulentas figuras en señal de digna reverencia.

Traté de levantarlos, no me sentía merecedor de ese gesto, yo debía postrarme ante ellos por su valiosa ayuda, porque me condujeron a encontrarme conmigo mismo y con Aquel que posee la verdad de la vida.

Y así lo hice: me arrodillé frente a ellos y besé sus manos con gratitud.

Aser me miró y dijo: -Siempre estaremos contigo, alegres y dispuestos a cuidar de tu herencia; por ello, regresaremos a los territorios que forman tu nación, y fielmente los guardaremos hasta el final de tu tiempo-.

El buen Aholiab acarició el tronco de uno de los árboles y también habló:-Aquí será el mejor lugar para guardar los talentos que te han sido otorgados, siembra alrededor de tu vida y de tu conocimiento las semillas que el gran Señor te ha entregado, y cuando germinen, sus raíces y ramas protegerán para siempre la corteza de estos troncos; así, jamás, volverá a anidar el mal sobre tu tierra-.

De nuevo, sentí el abrazo de mis fieles amigos, que se despedían para buscar el camino a su destino: guardar mi vida y los territorios que la conformaban. Comprendí que la fe, la compasión, la sabiduría y la verdad, guardarían mi camino, y me ayudarían a encontrar la felicidad plena.

Se alejaron contentos a cumplir su misión; uno al norte, otro al sur, el otro al oriente y el último al occidente, para guardar la nación que representa mi vida. Una oleada de paz rodeó mi ser; ahora, tenía la certeza de que mi encuentro con la felicidad plena, era una realidad.

Me incliné frente a los frondosos árboles, elevé la mirada al cielo, y hundiendo mis manos en la tierra bendita que rodeaba mi vida y mi conocimiento, me dispuse sembrar aquellas semillas, que llevaban consigo el amor profundo y verdadero del Hacedor de la Vida.

Escarbé y escarbé, hasta encontrar las raíces de los árboles. Las manos me dolían, pero al recordar las heridas en las manos del gran Señor, el dolor desapareció. Me embargó una gran fortaleza y continué con mi labranza.

Deposité las semillas en lo más profundo de mi tierra, con la seguridad que germinarían y darían sus frutos hasta el final de mi tiempo, tal como me había sido prometido. De ahora en adelante, la oración acompañaría mis palabras, perdonar sería mi escudo, el amor reposaría en mi alma y la santidad iluminaría mis caminos.

Satisfecho de la nueva siembra, me recosté entre los árboles; un sueño grato me invadió... dormí profundamente bajo el resguardo de sus ramas.

El sonido desesperado de una ambulancia me despertó. Estaba aturdido, frente a mí un hombre vestido de blanco investigaba mis pupilas. Luego de un momento comprendí que había recuperado la conciencia. ¡Había vuelto al tiempo de mi vida!

Desconcertado, por no saber donde me encontraba, volví a ver a todos lados; estaba en un cuarto de hospital siendo evaluado por el médico de turno, que insistía en mirar con un aparato luminoso, la dilatación de mis pupilas. De pronto, reconocí la figura de mi esposa, que afligida, lloraba por mi condición. Dos hermosos niños asustados me miraban, mientras yo empecé a recordar la alegría que sentí el día en que nacieron. Los miré también, agradeciendo al cielo por verlos de nuevo y tenerlos conmigo.

En ese momento, una enfermera entró a la recámara, se acercó a mi lecho y con voz severa, dijo: -Todos deben salir de la habitación, el señor necesita descansar; ha sido un milagro que no tenga roto ningún hueso, pues el accidente que ha sufrido es para que estuviera en el panteón-. La mujer uniformada sonreía, mientras revisaba la botella de suero que se conectaba a mis venas.

Mi esposa y los pequeños se acercaron a mí, besándome el rostro; de inmediato, comprendí la bendición que Dios nos otorga en el amor de la familia. Salieron del cuarto obedeciendo a la enfermera que acomodaba las sábanas blancas cubriendo mi lecho de convaleciente; yo quedaría en observación toda la noche, y al día siguiente me darían de alta, si no se presentaba ninguna complicación.

La enfermera apagó la luz de la habitación y cerró la puerta. Me quedé sólo de nuevo. Anochecía, la lluvia había cesado en aquel día de mayo que cambió mi vida. Había vuelto, el amor de Dios se había manifestado. Cerré mis ojos, convencido de que el mañana me esperaba para labrar una nueva siembra.

Mis pensamientos recordaron el encuentro con el Señor Iluminado, y con mis fieles amigos. Había recuperado mi memoria, mi conciencia, y solamente deseaba agradecer a Dios la oportunidad que me había brindado, de reconocerlo y comprender sus mandamientos y promesas.

La noche caía sobre aquel dormitorio silencioso, pero dentro de mí un sonido de júbilo se producía. Abrí los ojos, dirigí la mirada hacia la ventana que dejaba entrever el brillo de las estrellas; mi mirada atravesó el firmamento, deseando encontrarse con el Hacedor de la Vida. Por un momento, sentí su presencia en aquella habitación... lo sentía dentro de mí. Seguí buscándolo en la penumbra de la habitación, pero mis ojos humanos no podían verle. Sin embargo, percibí su presencia llenándome de regocijo.

Con lágrimas emocionadas hice una promesa: daría a conocer su existencia, y sobretodo, su infinita misericordia. Prometí entre sollozos, decirle al mundo que su reino es el verdadero camino a la felicidad plena.

Un rayo de luz entró por la ventana, era el testigo de aquel maravilloso encuentro entre la vida humana y la verdad de la vida. Mis ojos seguían clavados en el firmamento, mientras aquella luz proveniente del cielo, parecía indicarme que mi promesa de anunciar la buena nueva agradaba al Creador.

Deseaba decirle tantas cosas, decirle cuánto le amaba. De pronto, el rayo de luz inundó la habitación, el Todopoderoso manifestó de nuevo su amor y misericordia, con su presencia.

Busqué su rostro en aquel rayo de luz, pero esta vez, lo busqué con los ojos del alma; ahora sí lo veía, estaba junto a mí acariciándome el rostro, me envolvía con su gracia infinita.

No pude hablar por la emoción; sin embargo, supe que Él entendía mis pensamientos y mis lágrimas. Comprendí que con mis actos cotidianos debía manifestarle mi agradecimiento por la paz, la justicia, la salud y la prosperidad que ha prometido a cada uno de sus hijos. Día con día le expresaría a través de mi prójimo, cuánto le amaba.

También comprendí que jamás volvería a sentir soledad y tristeza, pues Él permanecería conmigo hasta el final de mis días, aún cuando llegara el momento de caminar hacia la frontera universal y regresar a aquella próspera nación donde me esperaría lleno de luz para disfrutar de su presencia por toda la eternidad.

Entonces, me arrodillé y lo abracé para siempre. Y con palabras que salían desde lo más profundo de mi corazón, exclamé: -Padre Nuestro… que estás en los cielos, Santificado sea tu Nombre; venga a nosotros tu Reino y hágase tu Voluntad, en la tierra como en el cielo…-

EPÍLOGO: LA REFLEXIÓN

"Dios de Pactos, que guardas tus promesas,
que cumples tu Palabra,
que guías mi destino,

Dios de Pactos, confío en tus promesas,
Descanso en tu Palabra,
Por tu gracia... estoy aquí"

Marcos Witt

EPÍLOGO: LA REFLEXIÓN

El relato de la historia ha terminado, pero la experiencia sigue palpitando junto a la promesa que hice a mi Padre de dar a conocer al mundo el verdadero camino a la felicidad plena. ¿Está preparado o preparada para conocer ese camino, y ser feliz?

Sabía que me diría que sí. Me alegra mucho sentir su respuesta afirmativa; también estoy preparado para transmitirle a Usted la buena nueva, el camino que le llevará a encontrar para siempre la salud perdida, la riqueza material, y esa paz espiritual que nos levanta cada mañana con una sonrisa en los labios, agradecidos porque respiramos, mientras nuestra mirada contempla de nuevo la luz de un día que comienza y que trae consigo la esperanza de ser mejor que el anterior.

Sin embargo, existe una gran diferencia en "estar preparado" para ser feliz y "estar decidido" a serlo. Esa diferencia establece nuestra disposición a detenernos por un momento y reflexionar sobre el asunto. Debemos sentir dentro de nosotros el deseo de asumir el reto que se nos presenta. Debe sentir que algo dentro de Usted le pide que continúe leyendo... ¿Lo siente?

De nuevo percibo que su respuesta es afirmativa, ¡Que bueno!, ese es el principio del encuentro con la felicidad plena en esta historia que puede ser la suya, que lo conducirá al encuentro con Dios en una dimensión cercana: en su propia vida, en su interior.

Deseo que esta lectura sea su propio accidente, donde la rutina se detiene, y deja que una fuerza superior le haga reflexionar en el camino de su existencia. Le aseguro que no es casualidad que usted esté conmigo frente a este libro, es parte de su destino que hoy se encuentre absorto en sus páginas, pretendiendo descubrir el camino a la plena felicidad. Le prometo que si continúa leyendo, encontrará el camino.

Y es que el camino a la felicidad plena no es un invento de mi positiva actitud; trasciende por encima de mi propio ser, de mi creatividad. No es mi deseo "venderle una idea espiritual", solamente quiero ser un instrumento de la verdad, aquella que se encuentra en el libro que me fue dado por el Hombre Iluminado, por el gran Señor, que sacándolo de sus relucientes vestiduras me lo entregó para que en su lectura, descubriera el amor y la misericordia de Dios.

Así, que tomaré el libro que contiene la Palabra Verdadera y dejaremos, Usted y yo, que el Espíritu de Dios manifieste el verdadero camino a la felicidad, ¿Le parece?

La felicidad plena no es un sueño inalcanzable pero tampoco, es un deseo que vendrá a nosotros como un golpe de suerte, ¡Rotundamente No!; la plena felicidad es el destino marcado en nuestras vidas, ¡Es una promesa!, un deseo de Dios desde que fuimos creados por Él.

En el libro de la palabra de Dios dice: "Amado, yo deseo que tú seas prosperado en todas las cosas, y que tengas salud, así como prospera tu alma" (3 Juan 1:2); Dios toma una decisión comprometedora, deja su deseo para convertirlo en una promesa que nos es manifestada a cada uno de sus hijos e hijas: "Yo he venido para que tengan vida, y para que la tengan en abundancia" (Juan 10:10).

Vida en abundancia es lo mismo que felicidad plena, es decir, la salud total, la prosperidad en sus finanzas y la paz espiritual que reinará en su vida y la de los suyos. Pero, debemos comprender que nuestro Padre es dador de abundancia y no proveedor de "lo necesario"; Él provee en abundancia y nunca cubre a los hombres de "lo que necesitan". Si usted fuera la mujer o el varón más rico del planeta... ¿Proveería a sus hijos de "lo necesario"? ¡Seguro que no!

De igual manera, nuestro Padre, dueño de toda la riqueza, poderoso para controlar las pestes y enfermedades que dominan a los seres humanos, nos entrega plena salud y vida en abundancia. De nuevo, le pregunto: si usted tuviera la capacidad de sanar las enfermedades que aquejaran a sus seres queridos, ¿Los mantendría enfermos?, ¡Por supuesto que no!

La buena nueva que Dios ha insistido transmitir en todos los tiempos, es que el destino del hombre es ser plenamente feliz; ¡Si, su destino!, porque la felicidad fue sembrada en su vida desde su nacimiento. Sin embargo, Usted no logra descubrir el camino a ella porque no encuentra los talentos que le fueron otorgados desde el principio de su creación, en su propia vida... ¿Será que usted, al igual que yo, ha pasado en algún momento "cargando" su alforja, -su vida-, sin percatarse de su contenido?

Es importante aceptar que usted no es producto de la casualidad humana, donde un par de células se encontraron en el mismo tiempo y espacio coincidiendo para que fuese formado. Usted como yo, salimos de un torrente de vida, dándonos a cada uno, un destino indiscutible: ¡Ser felices! El Creador así lo dispuso por amor, pero debemos comprender la verdad de este principio.

Y para comprenderlo y aceptarlo, debemos estar convencidos que somos seres creados con el amor de Él, y que hemos sido elegidos desde nuestra concepción para ser felices. Siga leyendo y verá que simple es entender a Dios en su sencillez, y la vez, en su grandiosidad.

Existen dos tipos de seres vivientes y pensantes: El Hombre: varón y hembra, creación perfecta de Dios, considerados descendientes directos de Él; y el Ser Humano: masculino y femenino, creación imperfecta de la humanidad, considerados descendientes directos del pecado. ¿Nota la diferencia?... ¿Aún no?

Los primeros somos hijos de Dios, por lo tanto, herederos directos de su poder y bienaventuranza; mientras los segundos, son herederos directos de sus propias decisiones, de su limitada capacidad humana, de su imperfecta humanidad. Por tanto, el Hombre es creación de Dios, el Ser Humano no.

Usted, ¿A cuál creación pertenece?... ¡Lo sabía! que es Hombre, porque si fuera del otro grupo no estaría conmigo deseando conocer la verdad; estaría tratando afanosamente de buscar sus propios éxitos y esperando que los demás seres humanos los aplaudiesen. Claro que Usted es Hombre, es elegido, es hijo o hija de Dios.

Y, cuando me refiero a que usted es Hombre, hablo de Usted, varón o hembra, porque es lo mismo. Dice la escritura que Dios dijo: "Hagamos al HOMBRE a nuestra imagen, conforme a nuestra semejanza; y señoree en los peces del mar, en las aves de los cielos, en las bestias, en toda la tierra, y en todo animal que se arrastra sobre la tierra. Y creó Dios al HOMBRE a su imagen, a imagen de Dios lo creó; VARON y HEMBRA los creó" (Génesis 1: 24-27). Dios llamó Adán al Hombre por tanto eso significa: Hombre (Varón y Hembra); y esto, Dios nos lo confirma en sus sagrados escritos: "Este es el libro de las generaciones de Adán. El día en que creó Dios al hombre, a semejanza de Dios lo hizo. Varón y Hembra los creó; y los bendijo, y llamó el nombre de ELLOS Adán, el día en que fueron creados" (Génesis 5:1-2). Sin embargo, en ninguna parte del maravilloso libro que me fue entregado, se encuentra la creación del ser humano. ¿Sabe por qué?

Porque el ser humano es el producto de la maldad del Hombre, cuando éste fue dominado por las tentaciones del mundo (la desidia, la injusticia, la soberbia, la lujuria, etc.). El ser humano decidió ser autónomo de su Creador, quiso caminar sólo por el sendero de la humanidad, ese desierto inhóspito, donde sopla un viento frío de soledad, y donde la arena estéril de la incertidumbre lo acompañan. De tal manera, el ser humano se encuentra desnudo en su propio desierto, el que ha sido invadido por seres más poderosos, donde sus fuerzas son insignificantes comparadas con sus miedos.

El ser humano es mediocre y torpe; siempre anda tras su destino, demostrando a los demás seres humanos: su valor, un valor que no vale. Desea brillar como las estrellas del firmamento, a sabiendas que su propia luz jamás encandila a nadie. Se mantiene en la oscuridad porque no posee la verdad, su desidia es superior a él.

El ser humano sobrevive, no vive, porque vivir es un derecho exclusivo de los Hombres. La subsistencia humana transcurre bajo el dominio del tiempo, que también es una creación de la humanidad, que ha sido fraccionada y dividida en horas, minutos y segundos; y no conformes con ese fraccionamiento, los seres humanos se empeñan en dividirlo en centésimas y milésimas con el único fin de controlarlo, sin darse cuenta que su minuciosa división los ha convertido en esclavos de su propia invención, pues éste los controla de manera inmisericorde, ya que a pesar de ser manipulado, el tiempo transcurre sin detenerse.

El ser humano, por lo tanto, no es creación de Dios, y por consiguiente, tampoco es heredero de su poder y fortuna; no es reconocido como parte de Dios, porque el ser humano ha decidido su propio destino, en el que al final de su tiempo tendrá fracaso, desdicha, pobreza, enfermedad y muerte; jamás podrá regresar a su condición divina de Hombre, si no se atreve a conocer el arrepentimiento.

¡Pobre Ser Humano!, acompañará a Hades, a Fatuo, al mismo Balac y a Acab al desierto de la nada, de la infelicidad, por haber decidido dejar de ser una creación divina y abrazar la maldad.

Sé que aún se pregunta si usted es Hombre o ser humano, ¿Verdad?... No se preocupe, todos nos hacemos la misma pregunta. Si nos cuestionamos, es porque la verdadera respuesta, Dios la responde a los Hombres, a usted, dentro de si mismo. Permítame explicarle:

El Hombre fue creado por Dios a su imagen y según su semejanza; su vida, su propia nación ha sido formada por cuatro territorios: primero, le fue dado el Espíritu Divino (porque somos imagen y semejanza de Él), para ser sus descendientes, por lo tanto, herederos directos de su poder y bendición. En el libro de la Vida dice: "Y creó Dios al Hombre a su imagen, a imagen de Dios lo creó; Varón y Hembra los creó" (Génesis 1:27); luego, el Creador formó dos territorios más: El cuerpo y el alma del hombre, así lo confirma el sagrado libro: "Entonces Jehová Dios formó al Hombre del *polvo de la tierra* y sopló en su nariz *aliento de vida*, y fue el Hombre un ser viviente." (Génesis 2:7); entonces, Dios, en su infinito amor, le entregó al Hombre el cuarto territorio de su nación: la conciencia, como "ayuda idónea" para que el Hombre no estuviera solo. Es el complemento para el discernimiento entre el bien y el mal, según consta en las Sagradas Escrituras: "Jehová Dios formó, pues, de la tierra toda bestia del campo, y toda ave de los cielos, y las trajo a Adán para que viese cómo las había de llamar. Y puso Adán nombre a toda bestia y ave de los cielos, y a todo ganado del campo (El Hombre ya poseía inteligencia); más para Adán (Varón y Hembra) no se halló ayuda idónea para él. Entonces Jehová Dios hizo caer un sueño profundo sobre Adán, y mientras éste dormía, tomó una de sus costillas, y cerró la carne en su lugar. Y de la costilla que Jehová Dios tomó del hombre, hizo *una mujer* y la trajo al hombre. Dijo entonces Adán: Esto es ahora hueso de mis huesos y carne de mi carne; ésta será llamada Varona, porque del Varón fue tomada. Por tanto, dejará el hombre a su padre y a su madre, y se unirá a su mujer, y serán una sola carne. Y estaban ambos desnudos ADÁN Y SU MUJER, y no se avergonzaban. (Génesis 2:19-25). Eva que equivocadamente se ha denominado Hembra, y a la Hembra, Mujer, es la conciencia, la mujer del hombre, la compañera, la ayuda idónea. La hembra es parte de la especie perfecta: El Hombre, la cual, fue creada al mismo tiempo que el varón, igualmente a imagen y semejanza de Dios. Eva entonces, no es la parte femenina del Hombre como se ha creído, es la conciencia misma y parte fundamental del Hombre que le brinda la capacidad de utilizar su libre albedrío, su propia voluntad. La conciencia le permite comprender su origen divino y su unión con el Creador desde el principio hasta el fin de los tiempos, manteniendo la independencia que nuestro Padre nos ha entregado como seres individuales, únicos y perfectos. ¿Está de acuerdo conmigo?

Si está de acuerdo, ha empezado a despojarse de su humanidad imperfecta para permitir que la luz de la verdad sobre el origen del Hombre resplandezca en Usted, y empiece a reconocerse a sí mismo como Hijo o Hija de Dios. Él, que es perfecto... ¿Podría hacer una obra imperfecta, y en especial aquella que fue creada a su imagen y según su semejanza?, ¡Por supuesto que no!; ahora, su conciencia recuperada no le permite cuestionar sobre ello, ¿verdad?

Dios nos otorgó los cuatro territorios con que fuimos formados los Hombres, nos plantó en el huerto de la vida, en la tierra, para que señoreáramos a todos los demás seres vivientes. En ese huerto, Dios plantó la abundancia, la salud, la prosperidad, la paz, el conocimiento del bien y del mal, y la ciencia, para que el Hombre disfrutara de ello y lo guardase. Dios, en su infinito amor, y sabiendo el peligro del mal uso que le pudiésemos dar al conocimiento y consecuentemente provocar la maldad, nos advirtió desde nuestra creación, que no comiésemos de la maldad, porque moriríamos (Génesis 2: 15-17); sin embargo, nuestra conciencia fue dominada y tentada.

Nuestra nación tomó una decisión propia: no respetar la voluntad de Dios y asumir una propia voluntad. El Hombre decidió en ese momento ser "autónomo" de su Creador.

Y es aquí, donde se encuentra la gran diferencia entre los Hombres, herederos de Dios, usted y yo, y aquellos que han perdido el privilegio de ser reconocidos como sus hijos: Los seres humanos.

Si querido amigo o amiga, la diferencia se encuentra en que el Hombre posee conciencia y el ser humano no. Es la conciencia, la que nos permite discernir entre el bien y el mal, es la que nos ayuda a comprender las razones por las cuales no encontramos la felicidad plena; es la conciencia la que también, nos permite ver la importancia de arrepentirnos de nuestra separación con Dios, que hemos vivido como humanos sin descubrir que dentro de nosotros existen maravillosos talentos, que guardados en la alforja de nuestra vida, han estado disponibles para triunfar en las batallas contra la incertidumbre, contra la enfermedad y el lamento, contra la necedad y la soberbia; contra la miseria, el conformismo, la mediocridad y la pobreza con las que erróneamente hemos decidido sobrevivir en este mundo, poniendo en nuestra alma, en nuestro cuerpo y en nuestro espíritu las consignas de "No puedo", "No sé", "Ya es tarde", "No tengo tiempo" y otros pensamientos que nos alejan de la verdad, y de la bendición que nuestro Padre espera entregarnos a manos llenas.

Insisto en que el Hombre, usted y yo, fuimos formados con el Espíritu de Dios, con Alma, con Cuerpo y con Conciencia; pero el Hombre se humanizó al tomar la decisión de actuar por sí solo, perdió la conciencia y se dejó abrazar por el mal; y decidió que su inteligencia y su conocimiento (su verdad), dirigiera su vida.

El libro de la Palabra Verdadera nos recuerda este hecho lamentable: "Pero la serpiente era astuta (la maldad), más que todos los animales del campo que Jehová había hecho; la cual dijo a la mujer (conciencia): ¿Con qué Dios os ha dicho: No comáis de todo árbol del huerto? Y la mujer respondió a la serpiente: Del fruto de los árboles del huerto podemos comer; pero del fruto del árbol que está en medio del huerto dijo Dios; No comeréis de él, ni le tocaréis, para que no muráis. Entonces la serpiente dijo a la mujer: No moriréis; sino que sabe Dios que el día que comáis de él, serán abiertos vuestros ojos, y seréis como Dios, sabiendo el bien y el mal. Y vio la mujer que el árbol era bueno para comer, y que era agradable a los ojos, y árbol codiciable para alcanzar la sabiduría; y tomó de su fruto y comió; y dio también a su marido (el cuerpo y el alma del Hombre), el cual comió así como ella. Entonces fueron abiertos los ojos de ambos, y conocieron que estaban desnudos (sin la protección de Dios); entonces cosieron hojas de higueras y se hicieron delantales (Excusas y justificaciones)" (Génesis 3:1-7).

En ese momento, el Hombre perdió la conciencia, la comunicación con su Padre, se convirtió en ser humano, autónomo, haciendo salir de su ser el Espíritu de Dios que albergaba, e inició su subsistencia en la tierra bajo la dirección de su alma, de su cuerpo y de su limitada inteligencia, quedando para siempre, vulnerable a la maldad. Perdió la conciencia, aquella que le ayudaba a comprender su divino origen, su maravillosa ascendencia. Por su falta, el Hombre humanizado se convirtió en un ser distante de su propio Creador, olvidando la herencia que por nación tenía derecho: la felicidad plena.

A partir de aquel momento, el Hombre convertido en ser humano decidió ser "autónomo" de su Padre, y confundió su "libre albedrío" en "autonomía", otra gran equivocación semántica, porque autonomía significa "separado de". El Hombre desde su creación no podía conocer la autonomía de Dios, sino la "independencia" de Él, que significa "libertad"; es decir, que Dios, a sus hijos nos otorgó libertad de acción, pero con la conciencia de que cada acto debía llevar consigo su bendición. Por el contrario, el "hombre humanizado" o "ser humano", decidió actuar sólo, sin la bendición paternal, perdiendo la conciencia. ¿Comprende ahora la diferencia?

Sin embargo, "Mientras exista vida, habrá esperanza", así Dios lo dispuso. Nuestro Padre, lleno de misericordia ha intentado rescatarnos y salvarnos de esa penosa decisión de autonomía que hemos adoptado, pero no puede actuar sobre nosotros porque nos hizo seres únicos, individuales e independientes. Esa independencia que nos fue otorgada, le impide tomar la iniciativa de regresarnos a su lado para gozar de su magnánima generosidad.

La única forma de gozar de sus bendiciones, es que tomemos la decisión de caminar hacia la frontera universal de la humanidad, luchando con nuestras miserias, reprendiendo la maldad y alejándonos de ella, por medio de nuestro arrepentimiento, y eso... ¡es una decisión propia y personal!"Más los que lo reprendieren tendrán felicidad, y sobre ellos vendrá gran bendición" (Proverbios 24:25).

Si, ¡Arrepentimiento!; es el primer paso para recuperar nuestra calidad de Hijos de Dios, de Hombres, de seres creados a la imagen y semejanza de Dios Todopoderoso.

Pero... ¿Arrepentimiento de nuestros pecados?... ¡Más que eso!

Debemos arrepentirnos de la decisión de ser autónomos de Él, de rechazar nuestra propia naturaleza y ascendencia divina.

Los pecados y los errores cometidos como seres humanos son consecuencia de esa terrible decisión, que nos ha llevado a que todo aquello que hacemos y nos sale mal, buscamos inmediatamente a quien culpar.

Debemos arrepentirnos de caminar por el mundo exculpándonos, justificando y creando las más variadas excusas para seguir sobreviviendo, sin comprender que Dios ya sabía de antemano cómo nos comportaríamos sin Él. Y por amor a nosotros, lo advirtió: "...pero del fruto del árbol que está en medio del huerto dijo Dios; No comeréis de él, ni le tocaréis, para que no muráis" (Génesis 3:2); sin embargo, desde que el Hombre decidió separarse de su Creador, ha buscado toda clase de excusas y justificaciones creyendo que con su capacidad humana y su razonamiento puede encontrar su destino, ¿Podrá encontrarlo, si desconoce su origen? ¡Definitivamente No!

Por ello, Dios nos advierte que para Él, la justicia del Hombre es como trapo de inmundicia (Isaías 64:6).

Nos cuenta el libro de la Palabra Verdadera que cuando el Hombre fue cuestionado por lo que había hecho, el hombre autónomo o humanizado le contestó: "Oí tu voz en el huerto, y tuve miedo (primera vez que sufría), porque estaba desnudo (ya no sentía la protección de Dios), y me escondí. Y Dios le dijo: "¿Quién te enseñó que estabas desnudo?, ¿Has comido del árbol de que yo te mandé no comieses?; Y el hombre respondió: La mujer (la conciencia) que me diste por compañera me dio del árbol, y yo comí (culpa y se excusa). Entonces Jehová Dios dijo a la mujer: ¿Qué es lo que has hecho? Y dijo la mujer: "La serpiente me engañó, y comí (de nuevo, culpa y se excusa)" (Génesis 3:10-13). Nunca hubo arrepentimiento, más sí, excusas, culpas y justificaciones.

Pero... ¿Cómo iba a declarar el ser humano arrepentimiento por su autónoma decisión, si ya no poseía conciencia, si ya se sentía desnudo?; sin embargo, poseía "conocimiento" y justificó su falta. ¿Comprende entonces, dónde nace la pobreza, la enfermedad y la soberbia del ser humano? Claro, ¡De su propia decisión de ser autónomo de Dios! ¡De haber perdido la Conciencia de quien es y hacia donde va!

Y desde aquel momento, el ser humano se ha convertido en un incansable buscador de la verdad, pero a través del "conocimiento" adquirido por desobediencia, por decisión propia. Ese conocimiento lo ha llevado por el sendero de la incertidumbre, haciendo que el Espíritu de Dios con el que fue formado (a imagen y semejanza divina), fuese expulsado de su ser, provocando que su alma fuera la que gobernara su destino. Si, el alma, tan vulnerable a la maldad.

Muchas teorías han surgido de ese conocimiento que fue tomado arbitrariamente; ha llevado al hombre humanizado a justificar su origen; a diseñar, en su limitación cognoscitiva su propia verdad, basada en lo que se puede ver, comprobar y confirmar. Los seres humanos han tratado de interpretar su origen y la razón de su existencia, y en esa búsqueda de entender quiénes son y hacia dónde van, han encontrado solamente una respuesta a su condición: "Sobrevivir en el mundo que han construido".

Unos seres humanos han determinado que su origen desciende de seres peludos inferiores a él, mientras otros han gritado a los cuatro vientos que están hechos de materia, la cual no se destruye, solamente se transforma. Otros en cambio, se han atrevido a decir que la subsistencia de la humanidad estriba en que haya paz, pero para alcanzar la paz, debe haber guerra. Así, encontramos en la historia humana las justificaciones más descabelladas en su búsqueda de la verdad, una verdad que fue distorsionada desde su origen: sobrevivir y no vivir.

Los llamados dueños del conocimiento, encuentran respuesta a sus increíbles teorías de la verdad y se encierran en concluir que el ser humano vive en tiempo y espacio, factores que lo hacen nacer, crecer, reproducirse y morir. Cierto para los humanos, pero... ¡Para los Hombres, No!

De esa manera, el ser humano mantiene un miedo permanente de su fin, de la muerte; el miedo a lo desconocido lo envuelve, lo hace sentirse desnudo en el desierto de la nada, donde un frío viento de aflicción y la arena seca de la incertidumbre lo acompañan para siempre; entonces, corre de un lado a otro tratando de encontrar algo con que cubrir su ignorancia, pero... en ese desierto no encuentra nada. Sigue caminando sin rumbo, como si estuviera en un laberinto invisible que lo lleva al mismo lugar, al destino de la mediocridad y duda. Busca desesperadamente encontrar algo o a alguien para comprender su estancia en esa tierra inhóspita y desconocida, pero la soledad que mora en su interior, siempre lo vence.

¡Si tan sólo se calmara, a lo mejor recordaría el camino a casa!, pero... ¿Qué casa?

¡La de su Padre!, aquella que se encuentra del otro lado de la frontera universal, dentro de cada uno de nosotros, entre la humanidad y la divinidad, en una nación próspera donde el ser humano no tiene ingreso, pero el hombre que se despoja de su humanidad, es bienvenido. Para llegar allí, debe encontrar los talentos que le han sido otorgados desde su nacimiento y recuperar su herencia, su conciencia. Solamente aquel que aprende a vivir y deja de sobrevivir podrá encontrar su destino: Ser feliz.

Así que, ya no más excusas, ¡Decídase a ser feliz, a ser próspero, sano y sabio! ¡Decídase reencontrarse con nuestro Padre!, Él le está esperando, lleno de amor e infinita misericordia, deseando entregarle los bienes materiales, físicos y espirituales, (prosperidad, salud y paz), que por heredad le corresponden; le aseguro que son inmensamente abundantes.

¿Está decidido a reclamar su herencia, reconociendo que es Hombre, Hijo o Hija de Dios?

Siento su respuesta afirmativa, ¡Aleluya!, es el principio del arrepentimiento verdadero que Dios espera para preparar la mesa, cenar con Usted y entregarle las semillas de la justicia, de la prosperidad, de la salud, y de la paz. Tendrá el valor de dirigirse a su nación, a su tierra, a su vida, y sembrar esas semillas, para que sus eras y lagares estén rebosantes para siempre, de abundante cosecha.

Conviértase en el labrador de su propia y renovada historia, ¿Le parece que empecemos a encontrar su destino marcado por la felicidad plena?, pues... ¡Manos a la obra!

Revise su alforja y encontrará cuatro talentos: incienso, bálsamo, un escudo y una daga brillante sin filo, pero... ¿Cómo sabrá su utilidad?

Usted, que es un labrador tiene dudas sobre su origen y su destino; desearía tener una bola de cristal para adivinar su futuro. Yo le aseguro que no necesita más que, la Palabra de Dios y estos cuatro elementos para conocer lo que le depara el mañana.

"el incienso que se elevó en humo es LA ORACIÓN de súplica y alabanza que también se eleva para ser escuchada por el Hacedor de la Vida, que te socorre y bendice en todos los tiempos; tu oración manifiesta LA FE que guía tu encuentro con El y conmigo, así

obtienes LA PAZ que aleja de tu espíritu la incertidumbre y el miedo". Eso me dijo el Hombre iluminado, el Hijo del Soberano.

Orar es hablar con Dios; nuestras palabras con devoción transmiten el temor a Él, temor que significa "amor reverente a su divinidad", y nunca miedo. Cuando oramos manifestamos nuestro reconocimiento al Padre como nuestro único Creador, lo que se convierte en la creencia de su real existencia. Es la esencia misma de nuestra manifestación de fe, la cual es la certeza de lo que no se ve, de lo que no se contempla. Dice la Palabra de Dios: "Es pues, la fe, la certeza de lo que se espera, la convicción de lo que no se ve" (Hebreos 11:1)..

El primer talento que le fue otorgado es LA ORACIÓN, aprenda a orar. ¿Cómo?... ¡Hablando con Él!, porque cuando usted manifiesta sus deseos, necesidades e inquietudes, con su voz audible, con sus propias palabras, en cualquier lenguaje, inicia la comunicación con Dios, pues lo reconoce como Dios y automáticamente reconoce su superioridad y temor. Dios nos habla y demanda ese reconocimiento como principio de la prosperidad, de la salud, de la justicia y de la paz que promete otorgarnos: "Oye, Israel: Jehová nuestro Dios, Jehová uno es. Y amarás a Jehová tu Dios de todo tu corazón, y de toda tu alma, y con todas tus fuerzas. Y estas palabras que yo te mando hoy, estarán sobre tu corazón; y las repetirás a tus hijos, y hablarás de ellas estando en tu casa, y andando por el camino, y al acostarte, y cuando te levantes. Y las atarás como una señal en tu mano, y estarán como frontales entre tus ojos; y las escribirás en los postes de tu casa, y en tus puertas. Cuando Jehová tu Dios te haya introducido en la tierra que juró a tus padres Abraham, Isaac y Jacob que te daría, en ciudades grandes y buenas que tú no edificaste, y casas llenas de todo bien, que tú no llenaste, y cisternas cavadas que tú no cavaste, viñas y olivares que no plantaste, y luego que comas y te sacies, cuídate de no olvidarte de Jehová, que te sacó de la tierra de Egipto, de casa de servidumbre. A Jehová tu Dios temerás, y a él solo servirás, y por su nombre jurarás". (Deuteronomio 6:4-13). Él nos promete darnos todo en abundancia, no importa si creemos no merecerlo. Eso, lo decide Él.

Es a través de la oración, donde reflejamos el verdadero deseo de comunicarnos con el Creador, y la que determinará que la misericordia y la gracia del Señor nos sean derramadas. Entonces, ¿Qué espera para hablar con él y contarle sus temores, frustraciones y miedos? ¡Reconózcalo como su Padre!, y el actuará de inmediato.

No tema, llénese de fe y espere una segura respuesta que le transmitirá, sin ninguna duda, que Él le ha escuchado, y que no permitirá que su pié quede preso. Él ha prometido que nunca le desamparará, que le cuidará y siempre estará a su lado. Recuerde que Dios es un Dios de pactos, que cumple sus promesas y guarda su destino... que usted sea feliz.

La oración lo llevará a salir victorioso de la batalla de la incertidumbre y del miedo; ahora, podrá lanzarse a las aguas de la vida con seguridad, con la tranquilidad de la espera; porque estará convencido de que la bendición estará presente en todos sus actos, de ahora en adelante. ¡Ahora es un verdadero Hombre, un legítimo descendiente de Dios!

Sin embargo, el Hombre Iluminado, el Hijo del Soberano me enseñó también que para mantener el linaje y por tanto, mi derecho de heredad, debíamos comprender que reconociéndolo a Él, es reconocer que los demás hombres también han sido creados a su imagen y semejanza. Cada uno de nosotros debemos demostrarle a Él que le amamos, lo que se traduce en amar a los demás. Pero... ¿Cómo amar a las personas que nos han ofendido, nos han humillado, o simplemente nos han demostrado que no somos amados por ellos?

Para ello, Dios nos entregó otro talento. El buen Señor Emmanuel me dijo: *"También la alforja llevó un pequeño escudo que te cubrió del fuego de la ira y la soberbia, es EL PERDÓN dentro de ti por los demás, aunque éstos se encuentren cubiertos de necedad y blasfemia. LA SABIDURÍA te guía para que tus actos estén acompañados de JUSTICIA y no sea invadida tu conciencia de pensamientos egoístas, arbitrarios y llenos de rencor".*

¡Perdónelos, porque no saben lo que hacen!; Ahí estriba el verdadero reconocimiento de Dios, como nuestro Padre y Creador, perdonando las ofensas, las humillaciones y ese sentimiento de desamor que muchas veces nos embarga; ¿Por qué?, simplemente porque los seres humanos no saben lo que hacen... Usted, Hombre, sí lo sabe.

Si... Dios nos entrega el Perdón, que como escudo, nos cubre de la soberbia y de la maldad de los demás; no importa la gravedad de la ofensa, de lo malo de la acción de que hemos sido objeto; no importa las consecuencias que dichos actos marquen o alteren nuestra vida, el escudo del perdón nos protegerá para que se inicie la restauración de nuestras finanzas, de nuestra salud, y en especial, que alcancemos la paz espiritual que es la ausencia de resentimientos y de rencores.

Es entonces, cuando reconocemos a Dios como nuestro Padre y por lo tanto, comprendemos el derecho a ser sus herederos. Si, amigo o amiga, es el perdón que nos lleva a ser merecedores de la gracia y la bendición. Fácil, ¿No cree?

Cuando entregamos el perdón a nuestro prójimo, más que hacerle un bien a quien o quienes se lo entregamos, somos nosotros los grandes beneficiarios de este acto de amor. El entregar el perdón no es olvidar la ofensa, es comprender a la persona que nos ofendió; pero... ¿Cómo entender los sentimientos de los demás para poder perdonar? Es muy fácil: Recordar que nosotros también hemos ofendido y que igualmente queremos ser perdonados.

Recuerde que el Ser Humano perdió la conciencia pero el Hombre no, y a partir de hoy, usted poseerá la conciencia para reconocer que cuando era un Hombre humanizado también erró. No hay ser humano que no se haya equivocado. Usted como yo, concientemente podemos reconocer nuestros errores y aquellos actos que no nos han enorgullecido... ¿Se recuerda de esas acciones?, Sé cual es su respuesta y me alegro mucho, porque ahora comprende por qué le será más fácil perdonar. ¡Aleluya!

Así que, para librar la batalla de la soberbia, de la necedad de los demás, aquellas que se convierten en ofensas, humillaciones, indiferencia, rencores y dolor, debemos sacar de nuestra alforja, ese pequeño escudo, que nos cubrirá contra la maledicencia de los seres humanos. Sí, el perdón, será su escudo.

No tema, sáquelo de su alforja y perdone indiscriminadamente; y le aseguro que la sabiduría le acompañará para librar la cotidianidad de la vida con éxito. ¡Se lo puedo jurar!

Póstrese ante la presencia de Dios y manifiéstele su deseo de perdonar, su necesidad de entregar el perdón; con palabras audibles, dígale al Padre Celestial lo que resiente y guarda en su corazón. Mencione el nombre de la persona o personas que cometieron, según usted, actos imperdonables contra su persona y manifiéstele a Dios su dificultad de perdonarlos. Realice este acto con sinceridad y concientemente, sin importar la cólera y el dolor que siente; entonces, saque de su alforja el pequeño escudo, y deje que Dios haga el resto. Sentirá que se despoja de una pesada carga y percibirá una agradable cercanía con el Señor, y tendrá paz en lo más profundo de su corazón. ¡Atrévase a sentir la presencia del Padre y de su retribución!

Ahora comprende por qué El buen Emmanuel, el buen Jesús, clavado en la cruz, dijo: "¡Padre, perdónalos, porque no saben lo que hacen!" (Lucas 23:34). Nos enseñó el verdadero sentido del amor. ¡Gracias Jesús, tu amor y sacrificio, nos hizo ser perdonados de todos nuestros pecados, ahora y siempre, por todos los siglos!

¿No Cree que podrá perdonar, sabiendo que usted ya ha sido perdonado? ¡Claro que si!, Dios enviará su justicia y será recompensado, con su amor.

Y es ahí donde surge el tercer talento. Recuerdo las palabras del gran Señor Emmanuel, cuando me dijo: *"El bálsamo que alivió los dolores en aquella batalla, es EL AMOR que debe llenar tu vida, que a través de LA COMPASIÓN que sientes por los demás, aleja de ti la enfermedad, para que LA SALUD que proviene del alma, viva en ti y no sea invadida por el vicio, la corrupción y el lamento".*

Si, el tercer talento es el bálsamo del amor, el cual refleja nuestra capacidad de amar y nos libera de la enfermedad. Dice el libro de la Palabra Verdadera: "Y saliendo Jesús, vio una gran multitud, y tuvo compasión de ellos, y sanó a los que estaban enfermos" (Mateo 14:14).

La compasión tiene su origen en la misericordia de Dios para los Hombres; Al entregar el perdón, surge la compasión, la gran manifestación del amor, aquella que es derramada sobre nosotros al reconocerlo como Dios, Padre, Todopoderoso.

Compasión es el amor en acción; es la verdadera práctica del amor a Dios, y en consecuencia, a los demás. No basta manifestarle a Dios que le amamos, ¡Hay que demostrarlo con nuestro prójimo!

Cuando practicamos el amor, comprendemos el verdadero significado de la compasión, que no es pena, ni lástima por los demás; sino, más bien, alegría de DAR lo mejor de nosotros mismos. Una palabra de aliento, un abrazo sincero, una palmada de esperanza, un aplauso a los logros ajenos, o una lágrima de solidaridad. Eso es compasión, eso es practicar el amor.

"No te vengarás, ni guardarás rencor a los hijos de tu pueblo, sino amarás a tu prójimo como a ti mismo" (Levítico 19:17).

Y amar al prójimo, es compadecerse de él, es manifestar el amor que sentimos por nuestro Padre; ¿Comprende ahora, por qué debemos amar?

Porque el que ama a los hombres, ama al Creador y recibe la gracia plena.

Cuando amamos, no hay espacio para rencores y resentimientos, tampoco para los lamentos. Cuando nos lamentamos de la vida nuestra alma queda vulnerable a la enfermedad.

Si querido amigo o amiga, la enfermedad proviene del alma envuelta en quejidos y lamentaciones: "¿Por qué a mi?", "¿Por qué mis seres queridos se enferman?", "¿Por qué Dios me ha mandado esta peste?"; estas son algunas preguntas que a veces manifestamos como lamento de nuestra desdicha, de nuestra pena, y la respuesta a cada una de ellas se encuentra precisamente en nuestra alma.

Le aseguro que Dios desea nuestra salud permanente. Recuerde su palabra: "Amado, yo deseo que tú seas prosperado en todas las cosas, y que tengas salud, así como prospera tu alma" (3 Juan 1:2).

La enfermedad más dolorosa es aquella que ataca a nuestra alma y a nuestro espíritu. Es aquella que nos hace lamentarnos de nuestra vida, de nuestra desdicha. La enfermedad del alma es tan fuerte que se llega a manifestar en nuestro cuerpo. Sin embargo, los hombres comprendemos que las enfermedades corporales son consecuencia del daño originado en el alma, en todo el mal que atraemos con nuestras lamentaciones.

Cuando los hombres comprendemos quienes somos y hacia donde vamos, reconociendo a nuestro Padre como Dios y a su

Hijo como nuestro Señor, intercesor y salvador, y cuando nos compadecemos de los demás, dejamos de lamentarnos porque Dios promete vida y no muerte. ¿Comprende?; dejamos lo imposible en sus manos y la conformidad llega a nuestra vida. Es entonces, cuando Dios actúa y nos devuelve la salud perdida.

No le tema más a la enfermedad; busque en su alforja el bálsamo del amor y su alma serena podrá elevarse, y su cuerpo será librado de la peste.

La salud física proviene del alma y el alma debe ser gobernada por el Espíritu de Dios; por lo tanto, si Él está en usted, no hay enfermedad ni muerte; porque ya quedó demostrado que Jesús venció a la muerte -por amor- y resucitó para salvación de cada uno de nosotros.

De ahora en adelante, imite a Jesús, practicando el amor, compadeciéndose de las personas. Recuerde que compasión no es pena ni lástima por los demás, es la entrega de lo mejor de nosotros. Y cuando logre poner al servicio de los demás sus mejores valores y actitudes, obtendrá la purificación de su alma, y la bendición de Dios se derramará sobre Usted y los suyos. Esa es la santidad que nuestro Padre espera de cada uno de sus hijos. Y usted lo puede lograr, porque dentro de usted, está ese cuarto talento; el Señor Emmanuel me lo mostró cuando me dijo: *"Asimismo, la alforja llevó consigo la daga brillante sin filo, que iluminó la realidad que tus ojos no veían, como lo hace en tu vida LA SANTIDAD que te muestra el genuino rostro de las tentaciones humanas, aquellas que aparentan beneficios pero, que en algún momento descubren su falso rostro. Por ello, la santidad es guiada por LA VERDAD, que te lleva a encontrar la PROSPERIDAD para que jamás tu cuerpo sea invadido por la pobreza, la lujuria y la desidia-"*

Ahora, saque de su alforja, -su vida-, la daga brillante sin filo, la santidad que hay en usted e ilumine sus caminos y decisiones.

Para triunfar en el mundo y lograr todo aquello que ha soñado no necesita el filo de la astucia, sino el brillo de la verdad.

Y para encontrar el brillo de la Verdad, debemos ser Santos, obedientes a Dios, gozosos de su existencia e infinita misericordia.

Pero, ¿ser Santo es difícil?... ¡No!

Cuando reconocemos a Dios como nuestro Padre celestial, Todopoderoso, y cuando entregamos el perdón y amamos a nuestro prójimo, el Espíritu de Dios desciende sobre nosotros y nos muestra el camino de la verdad, que es Él mismo. Así nos lo enseña el libro de la Palabra Verdadera: "Yo soy el Dios Todopoderoso; anda delante de mí y sé perfecto. Y pondré mi pacto entre mí y tú, y te multiplicaré en gran manera." (Génesis 17:1-2).

"Sé perfecto", esa es la clave de la prosperidad; la perfección interior donde surge el origen del Hombre (hecho a imagen y semejanza divina). La perfección o santidad está en el interior y no de manera externa. Cuando comprendemos quien nos creó y por qué, iniciamos el camino de la perfección y de la santidad, regresamos a la casa de nuestro Padre y nos convertimos en ella misma.

La perfección está en nuestros actos cotidianos, en nuestra vida diaria, en la toma de decisiones, aquellas que nos llevan al encuentro con la felicidad plena (prosperidad financiera, salud física y paz), o nos pueden alejar de ella.

Cuando Jesús (Dios hecho Hombre), resucitó y se alistaba para subir a la morada celestial, manifestó lo siguiente: "Y yo rogaré al Padre, y os dará otro Consolador, para que esté con vosotros para siempre: el Espíritu de verdad, al cual el mundo no puede recibir, porque no le ve, ni le conoce; pero vosotros le conocéis, porque mora con vosotros, y estará *en* vosotros". (Juan 14:16-17)

La Santidad se encuentra en aceptar que nuestro Padre regresó a Jesús a su lado, pero dejó un consolador: El Espíritu de Verdad, el Espíritu Santo, el cual puede morar en mí y en Usted, y estará para siempre a su lado. Él es el que le ayudará a tomar las mejores decisiones en su vida, en sus negocios, en sus relaciones sociales. En cada paso que recorra Él estará con usted por el resto de su vida. Y será Él quien garantizará su encuentro con la felicidad plena.

¿Comprende ahora, quien lo llevará a ser feliz, sin posibilidad de equivocarse? ¡Claro que sí!

Recuerde la palabra de Dios hecho Hombre: "El que me ama, mi palabra guardará; y mi Padre le amará, y vendremos a él, y haremos morada con él". (Juan 14:23).

Imagínese el poder que usted obtiene al tener albergado en su ser, el mismísimo Espíritu de Dios, como le sucedió a Jesús: sanó a enfermos, multiplicó los bienes materiales, resucitó a muertos, ¡Venció a la misma muerte!

Si ese mismo Espíritu Santo alberga en usted y lo acompaña para siempre... ¿Qué podrá ser imposible para usted? ¡Absolutamente Nada!

Entonces, saque de su alforja la daga brillante sin filo e ilumine sus caminos, de ahora en adelante.

Pídale al Consolador, al Espíritu de Verdad que lo acompañe en cada acto de su vida, que more para siempre en Usted, y Él actuará, porque Usted lo reconocerá y lo podrá recibir, y estará dentro de Usted hasta el final de los tiempos.

Dios Padre ha demostrado en todos los momentos que lo que más desea es estar con Usted, no dentro de una Iglesia o una religión, sino dentro de Usted mismo.

Ahora, sea Usted el Labrador de su propia historia; camine hasta la frontera universal entre su humanidad y la divinidad con la que fue creado, y ande seguro del poder que posee para cambiar las condiciones de su vida que hoy le acompañan, y así, podrá empezar a transitar por veredas de éxito, prosperidad, salud y paz. Ha recuperado su conciencia y ahora sabe que todo aquello que ha deseado está en Usted, y tan sólo necesita agregar una pizca de fe en todo lo que emprenda para que vea realizados todos sus sueños, anhelos y aspiraciones.

Quítese la alforja de sus hombros y deje de cargar el peso de su vida, pues en su recorrido no estará sólo; el amor de nuestro Padre le ha provisto de fieles guardianes que cuidarán cada uno de los territorios de su propia nación; ahora, debe dejarse guiar por ellos, pues han sido ellos, quienes le han traído a la presencia de Dios: el guardián de su espíritu es la fe en el Creador y en usted mismo; el grandioso guardián de su conciencia es la sabiduría de sus pensamientos; el generoso guardián de su alma, es la compasión albergada en usted para los demás; y el buen guardián de su cuerpo, es la verdad que le acompaña en todos sus actos; con ellos, sus guías, llegará al encuentro con su destino, y la felicidad plena será su gran compañera-.

Entonces, ábrale a nuestro Padre la puerta de su corazón y abrácelo para siempre; y donde se encuentre en este momento, póstrese ante Él y diga aquellas palabras que su Hijo nos enseñó: "Padre Nuestro... que estás en los cielos, Santificado sea tu Nombre; venga a nosotros tu Reino y hágase tu Voluntad, en la tierra como en el cielo...-"